国际大奖小说
升级版
SHENGJI BAN

女水手日记

The true confessions of Charlotte Doyle

[美] 艾非 / 著

徐诗思 / 译

新蕾出版社

图书在版编目 (CIP) 数据

女水手日记/(美)艾非(Avi)著;徐诗思译.
—天津:新蕾出版社,2011.5(2021.8重印)
(国际大奖小说·升级版)
书名原文:The True Confessions of Charlotte Doyle
ISBN 978-7-5307-5099-5

Ⅰ.①女…
Ⅱ.①艾…②徐…
Ⅲ.①儿童文学–中篇小说–美国–现代
Ⅳ.①I712.84
中国版本图书馆 CIP 数据核字(2011)第 035091 号
THE TRUE CONFESSIONS OF CHARLOTTE DOYLE by Avi
Copyright © 1990 by Avi
Published by arrangement with McIntosh and Otis, Inc.
Simplified Chinese translation copyright © 2003
by New Buds Publishing House
ALL RIGHTS RESERVED
津图登字:02-2003-135

出版发行:新蕾出版社
http://www.newbuds.com.cn
地　　址:天津市和平区西康路 35 号(300051)
出 版 人:马玉秀
电　　话:总编办(022)23332422
　　　　　发行部(022)23332351　23332679
传　　真:(022)23332422
经　　销:全国新华书店
印　　刷:天津新华印务有限公司
开　　本:880mm×1230mm　1/32
字　　数:140 千字
印　　张:7.375
版　　次:2011 年 5 月第 1 版　2021 年 8 月第 30 次印刷
定　　价:23.00 元

著作权所有,请勿擅用本书制作各类出版物,违者必究。
如发现印、装质量问题,影响阅读,请与本社发行部联系调换。
地址:天津市和平区西康路 35 号
电话:(022)23332677　邮编:300051

前言

一辈子的书

梅子涵

亲近文学

一个希望优秀的人,是应该亲近文学的。亲近文学的方式当然就是阅读。阅读那些经典和杰作,在故事和语言间得到和世俗不一样的气息,优雅的心情和感觉在这同时也就滋生出来;还有很多的智慧和见解,是你在受教育的课堂上和别的书里难以如此生动和有趣地看见的。慢慢地,慢慢地,这阅读就使你有了格调,有了不平庸的眼睛。其实谁不知道,十有八九你是不可能成为一个文学家的,而是当了电脑工程师、建筑设计师……可是亲近文学怎么就是为了要成为文学家,成为一个写小说的人呢?文学是抚摸所有人的灵魂的,如果真有一种叫作"灵魂"的东西的话。文学是这样的一盏灯,只要你亲近过它,那么不管你是在怎样的境遇里,每天从事

怎样的职业和怎样地操持,是设计房子还是打制家具,它都会无声无息地照亮你,使你可能为一个城市、一个家庭的房间又添置了经典,添置了可以供世代的人去欣赏和享受的美,而不是才过了几年,人们已经在说,哎哟,好难看哟!

谁会不想要这样的一盏灯呢?

阅读优秀

文学是很丰富的,各种各样。但是它又的确分成优秀和平庸。我们哪怕可以活上三百岁,有很充裕的时间,还是有理由只阅读优秀的,而拒绝平庸的。所以一代一代年长的人总是劝说年轻的人:"阅读经典!"这是他们的前人告诉他们的,他们也有了深切的体会,所以再来告诉他们的后代。

这是人类的生命关怀。

美国诗人惠特曼有一首诗:《有一个孩子向前走去》。诗里说:

> 有一个孩子每天向前走去,
> 他看见最初的东西,他就变成那东西,
> 那东西就变成了他的一部分……

如果是早开的紫丁香,那么它会变成这个孩子的一

部分；如果是杂乱的野草，那么它也会变成这个孩子的一部分。

我们都想看见一个孩子一步步地走进经典里去，走进优秀。

优秀和经典的书，不是只有那些很久年代以前的才是，只是安徒生，只是托尔斯泰，只是鲁迅；当代也有不少。只不过是我们不知道，所以没有告诉你；你的父母不知道，所以没有告诉你；你的老师可能也不知道，所以也没有告诉你。我们都已经看见了这种"不知道"所造成的阅读的稀少了。我们很焦急，所以我们总是非常热心地对你们说，它们在哪里，是什么书名，在哪儿可以买到。我就好想为你们开一张大书单，可以供你们去寻找、得到。像英国作家斯蒂文生写的那个李利一样，每天快要天黑的时候，他就拿着提灯和梯子走过来，在每一家的门口，把街灯点亮。我们也想当一个点灯的人，让你们在光亮中可以看见，看见那一本本被奇特地写出来的书，夜晚梦见里面的故事，白天的时候也必然想起和流连。一个孩子一天天地向前走去，长大了，很有知识，很有技能，还善良和有诗意，语言斯文……

同样是长大，那会多么不一样！

自己的书

优秀的文学书,也有不同。有很多是写给成年人的,也有专门写给孩子和青少年的。专门为孩子和青少年写文学书,不是从古就有的,而是历史不长。可是已经写出来的足以称得上琳琅和灿烂了。它可以算作是这二三百年来我们的文学里最值得炫耀的事情之一,几乎任何一本统计世纪文学成就的大书里都不会忘记写上这一笔,而且写上一个个具体的灿烂书名。

它们是我们自己的书。合乎年纪,合乎趣味,快活地笑或是严肃地思考,都是立在敬重我们生命的角度,不假冒天真,也不故意深刻。

它们是长大的人一生忘记不了的书,长大以后,他们才知道,原来这样的书,这些书里的故事和美妙,在长大之后读的文学书里再难遇见,可是因为他们读过了,所以没有遗憾。他们会这样劝说:"读一读吧,要不会遗憾的。"

我们不要像安徒生写的那棵小枞树,老急着长大,老以为自己已经长大,不理睬照射它的那么温暖的太阳光和充分的新鲜空气,连飞翔过去的小鸟,和早晨与晚间飘过去的红云也一点儿都不感兴趣,老想着我长大

了,我长大了。

"请你跟我们一道享受你的生活吧!"太阳光说。

"请你在自由中享受你新鲜的青春吧!"空气说。

"请你尽情地阅读属于你的年龄的文学书吧!"梅子涵说。

现在的这些"国际大奖小说"就是这样的书。

它们真是非常好,读完了,放进你自己的书架,你永远也不会抽离的。

很多年后,你当父亲、母亲了,你会对儿子、女儿说:"读一读它们,我的孩子!"

你还会当爷爷、奶奶、外公和外婆,你会对孙辈们说:"读一读它们吧,我都珍藏了一辈子了!"

一辈子的书。

The True Confessions of Charlotte Doyle

目录
女水手日记

一则重要的警告……………………………001

第 一 章　"可怕"的海鹰号……………004

第 二 章　登船……………………………013

第 三 章　绅士谢克利……………………025

第 四 章　老查的试探……………………034

第 五 章　成为船长的朋友………………042

第 六 章　货舱魅影………………………053

第 七 章　海上生活………………………067

第 八 章　惊现圆形陈情书………………077

第 九 章　平叛……………………………089

第 十 章　船长的真面目…………………098

第十一章　老查的葬礼……………………105

目录
女水手日记

The True Confessions of Charlotte Doyle

第十二章　我要当水手…………117

第十三章　考验…………128

第十四章　遭遇飓风…………140

第十五章　我成了杀人犯…………151

第十六章　禁闭室…………159

第十七章　审判…………170

第十八章　谁是凶手…………184

第十九章　另一场革命…………194

第二十章　由淑女到船长…………203

第二十一章　普洛维顿斯…………213

第二十二章　重返大海…………227

The True Confessions of
Charlotte Doyle

一则重要的警告

并非每一位十三岁的女孩都会被控谋杀、遭受审判,并被宣判有罪。但我就是这样的一个女孩,我的故事是值得一读的,即使那已是多年前的往事。不过,请接受我的警告,这可不是一般懵懂少年的故事。如果强烈的想法、行为会冒犯到你,就请别再往下读。请找别的友伴来排遣无聊的时光吧,因为,我打算一五一十地说出实情。

不过,在没开讲前,你必须先认识我。我的故事发生在1832年,当时我的名字是陶雪洛。虽然我还保留着这个名字,但我已经不是原来的那个陶雪洛了。

要如何描述当时的我呢?十三岁的我是个不折不扣的女孩,体态尚未发育,心智也尚未成熟。可是,我的家庭仍把我打扮成年轻淑女,软帽遮盖着我美丽的秀发,宽松的裙子,有扣的高统鞋,还有——你也许猜得到吧——手戴乳白色的手套。我当然希望成为一名淑女。这可并不是我的野心,而是与生俱来的命运。我满心愉悦

国际大奖小说

地拥抱住这个命运,从不对其他事物有非分之想。换句话说,当时的我跟表现出来的样子相差无几:一名讨人喜欢的普通女孩,拥有声望良好的双亲。

我虽然在美国出生,但从六岁到十三岁,都待在英格兰。我的父亲从事棉制品制造生意,他驻守英格兰,担任公司的代理商。不过,1832年早春,他荣获升迁,并且公司要他返回家乡。

父亲是规律与秩序的忠实信徒。他认为,与其让我中途转学,还不如留下来完成学业。我的母亲(据我所知,从不反对他的意见)也接受了父亲的决定。于是,双亲与弟、妹先走,而我将追随他们的脚步,返回我们真正的家园,也就是美国罗得岛州的首府普洛维顿斯。

如果你认为我父母的决定太过于鲁莽,竟敢让我独自搭船漂洋渡海,我可以向你说明,他们的决定是相当合理的,甚至合乎最严格的逻辑考量。

首先,他们觉得,让我留宿在柏利顿女子学校(校长是出色、端庄的韦德女士),可使我的学业不至于中断。

其次,我可是要横越大西洋,航程起码一到两个月。那时是夏天,并不会耽误到正规教育。

第三,我将可以搭乘父亲公司名下的船只返美。

第四,父亲告诉我,那位船长的过人之处,就是能迅速省力地横渡大西洋。

事情就这样决定了:我双亲认识的两家人也会搭同一艘船,他们答应担任我的监护人。我最高兴的是这两

家都有小孩儿 (三个可爱的女孩以及一个迷人的男孩),我真希望能立刻见到他们。

如果你知道我对六岁渡洋的经验记得并不十分清楚,你就不难想象我把这次的航海视为有趣的冒险之旅。想想看,美丽的大船!精神抖擞的水手!学校甩到一边去!还有同年纪的玩伴!

最后一点,父亲交给我一本空白的日记 (他典型的作风),命令我每天要写航海日记,如此我才能领受到写作的教育价值。事实上,父亲警告我,他除了阅读并评判内容之外,还会特别注意拼字的正确,而非文章有力的论点。

就是这本日记,使我现在还能够详细地描述1832年夏天那趟命运性的大西洋之旅。

第一章

"可怕"的海鹰号

　　1832年6月16日下午,将近黄昏时分,我走在英格兰利物浦人潮汹涌的码头上,紧随在一个叫葛拉米的男人身后。虽然葛先生只是父亲的生意伙伴,但他跟父亲一样都是绅士。父亲委托他来安排前往美国的最后事宜。我搭马车离开学校之后,他会来接我,并负责让我平平安安地坐上父亲指定的大船。

　　葛拉米先生身着长及膝盖的大礼服,头上的大礼帽使他原本就高挑的身材显得更高了。他阴郁、苍白的脸上没有任何表情,双眼就像死鱼的眼睛似的。

　　"陶小姐吗?"我从直达利物浦的马车上下来时,他问。

　　"是的,先生。您是葛拉米先生吗?"

　　"我是。"

　　"很高兴见到您。"我行了个屈膝礼说。

　　"我也是。"他回答,"那么,陶小姐,能告诉我你的行李箱在哪儿吗?我带了人来搬。然后,麻烦你跟我走,每

件事都会安排得妥妥帖帖的。"

"我想跟我的监护人说再见,可以吗?"

"有必要吗?"

"她对我非常亲切。"

"快一点儿。"

我紧张地指出自己的行李箱,双臂挽住艾默森小姐(这一路上我亲密的旅伴),泪眼蒙眬地向她道别。接着,我连忙奔向已经转身走开的葛拉米先生。一个长相粗野的挑夫背起了我的箱子,费力地跟在后面。

我们这支小小的队伍整齐一致地抵达码头。我立刻兴奋地注视着面前众多的船只,桅杆密得好似刷子上的毛。再向四周望去,只见到处都堆满了珍材奇货。大捆的丝绸与烟草!成箱的茶!鹦鹉!猴子!噢,我闻到了,海的味道是多么醉人啊,毕竟我只闻过整齐的草坪与柏利顿学院的气味!工人、水手、商人组成了汹涌的人潮,他们全是肌肉结实的粗人,喧哗吵嚷,营造出一种黄昏的异国风情。大体来说,这是一片有趣的混乱,虽然隐约带着威胁,却非常令人兴奋。真的,我模糊感觉到,这一切都是为我天造地设的。

"葛先生,请问,"我隔着吵闹声呼叫,"我要搭的那艘船叫什么名字?"葛拉米先生稍停了一下,回头看我,好像很惊讶我在这儿,更别说发问了。然后,他从口袋里掏出一小张纸,眯着眼念出声:"海鹰号。"

"英国的船还是美国的船?"

"美国。"

"是商船吗?"

"当然是。"

"有几根桅杆呢?"

"我不知道。"

"另外两家人已经上船了吗?"

"我想是的,"他答道,声音里夹杂着愤怒,"陶小姐,如果你还想知道什么的话,请容我告诉你,我接到通知说出发时间要延后,可是当我亲自向船长求证时,他却说可能是误会。明天一早,船会顺着第一道早潮启程,所以绝对不能再耽搁了。"

为了证实这点,他回头就走。但我实在无法压制住强烈的好奇心,决定再提出一个问题:

"葛先生,请问,船长叫什么名字呢?"

葛拉米先生再次停了下来,生气地皱着眉头,但还是摸索出那张纸。"谢克利船长。"他念完后回头就走。

"有没有搞错啊!"挑夫突然大叫一声。他刚赶上我们,无意中听到刚才的对话。我和葛拉米先生面面相觑。

"你刚才是说谢克利船长吗?"挑夫说。

"你是在跟我说话吗?"葛拉米先生问道。他的口气清楚地表明:如果真是如此,那就真是严重失礼了。

"没错。"那个挑夫说,"我在问你,我是不是听错了,你们要搭的是谢克利船长的船吗?"他吐出"谢克利"这三个字的方式,好似那是非常惹人厌恶的东西。

"我可没请你听。"葛拉米先生对他说。

"可是我已经听到了。"挑夫一边向前走一边说着。他还把我的行李箱狠狠甩在码头上,用力之大使我不禁担心箱子是否会裂成两半。"我不打算再多走一步路,去跟那个谢克利先生打交道,给我双倍的金子我都不干,多半步也不行。"

"等等!"葛拉米先生愤怒地喊着,"你答应……"

"别管我答应了什么。"他反驳道,"与其拿你的铜板,还不如躲开那个男人,这才叫作赚钱生意。"他不再多言,昂然离去。

"停下!我叫你停下!"葛拉米先生喊道。但没有用,挑夫走了,走得还非常快。葛拉米先生和我互相对视,我完全不知道该怎么办,他显然也是。但他还是得尽他应尽的义务:他开始四下搜寻替代的人选。

"喂,就是你!"他叫住第一个经过的人,一个身穿工作服的高大家伙。"这里有一先令,假如你肯搬小姐的行李,它就是你的了。"

那个人停住,看看葛拉米先生,看看我,看看行李箱。"那个吗?"他一脸轻蔑地问。

我心想可能是工钱太少的问题,于是急忙说:"我很乐意再多付一先令。"

"陶小姐,"葛拉米先生厉声道,"让我来处理。"

"两先令。"那人迅速地说。

"一个。"葛拉米先生反驳。

国际大奖小说

"两个。"他又重复一遍,把手伸向葛拉米先生。葛拉米先生只给了他一枚铜板。接着,他把手又伸向我。

我迅速从手提袋里掏出一枚铜板。

"陶小姐!"葛拉米先生反对。

"我答应过了。"我喃喃说着,把铜板放入他朝上的手心。

"你是对的,小姐。"那高个儿按了一下他的帽子说,"希望全世界都有你的美德。"

他对我道德原则的赞赏,使我的脸上飞过一抹愉快的红晕,我几乎无法掩饰。至于葛拉米先生呢,他清了清喉咙,表达了自己的不赞同。

"好了,接下来,"挑夫问,"小姐想把箱子搬到哪里去呢?"

"别管去哪里!"葛拉米先生厉声道,"沿着码头走就是。到了我会告诉你。"

那个男人把钱放进口袋,笨重地走向行李箱,呼的一声把行李扛到肩膀上,轻松得惊人(请想想箱子的重量与尺寸)。

他说:"带路吧!"

葛拉米先生没有浪费时间,也许是害怕多说话的后果,立刻重新上路了。

他带领我们穿梭在迷宫一样的码头上,最后停了下来。他半转过身宣布:"就是这艘船。"然后向停泊在前面的船招手。

女水手日记　008

The True Confessions of
Charlotte Doyle

我还没来得及朝他指的方向看，就听到后面传来砰的一声。我吓了一跳，转过身，却发现我们刚雇用的那个人向海鹰号望了一眼，立刻扔下我的行李箱，跟第一个人一样，连解释也不给一句就跑了。

葛拉米先生几乎连看也不看那位撒腿就跑的工人。他气冲冲地说："陶小姐，请留在这儿等我。"他急急走开，踏上跳板，登上海鹰号，从我的视线中消失了。

我原地不动，此刻我最盼望的，莫过于上船去见那些可爱的朋友，我这趟旅行的友伴。可是，我在码头上等了大约半小时，只见黄昏的余晖映着一动也不动的景物，我仍只能眼巴巴地望着那艘船。

如果说第一次见到海鹰号使我极度惊慌，那就是胡说八道了。我一点儿也没察觉到任何的不对劲，一点儿也没有。海鹰号看起来跟我从前见过的无数船只相差无几，与今天看到的其他大船小船也没什么两样。噢，也许它比我想象中要小了些，也旧了点儿，其他就没别的了。它停泊在码头边，稳稳立于波浪之上。标准索具矗立在我面前，上面涂了一层焦油，以防海盐的侵袭。黑色绳梯向渐黑的天空伸展，最上桅帆桁(注)被昏暗的夜色包围，几乎是隐形的。帆被绑住了，也就是收帆，看起来好似树上新降的雪花。

简单来说，海鹰号是一艘双桅帆船（主桅后方还有一根雪桅），重量大约七百吨，船尾到船头有一百零七英尺长，甲板到主桅顶端有一百三十英尺高。建造的年代

也许是18世纪末期或19世纪初期。船身漆成黑色，桅杆涂成白色，都是非常普通的色彩。两根桅杆向后稍微倾斜，上面装有横帆。还有一根斜桅自船首伸出，好似独角兽的角一样。

说真的，这艘船最独特的就是船身斜桅下方的船首雕像——一只苍灰色的海鹰。它的双翼紧靠着船头，头往前伸展，鸟喙张得大开，突出的红色舌头好似在高鸣。昏暗的光线扭曲了它的形影，望着它，我突然冒出一个念头：它的模样看上去更像是愤怒的复仇天使，而非温驯的鸟儿。

码头上已渺无人烟，越来越暗。我很想登上跳板去找葛拉米先生。可是，唉，我良好的教养使我打消了这个念头。我保持不动，好像做梦似的站在原地，胡思乱想些自己也搞不清楚的事。

不过，好似望远镜的聚焦过程，我逐渐发现自己在盯着连接船尾与码头的绳索，那上面挂着一个东西。这让我想起一张三趾树懒的图片，那是一种头脚悬吊于丛林藤蔓间的动物……我逐渐发觉那是一个人。他摇摇晃晃攀着绳索，从码头爬向海鹰号。当我知道自己在看什么的时候，他已经爬上船，不见踪影了。

我没空多想这幅景象，因为一声愤怒的叫喊传进我耳朵里。我回头看到葛拉米先生的身影出现在上方的栏杆边，正和某个我看不见的人争论着。我的绅士一再低头看着我，我想他还不停地指着我所在的方位，好似我

是这场白热化争论的主题。

最后,葛拉米先生走到码头上。随着他走近,我看到他的脸涨得通红,双眼燃着怒火,我不禁担忧起来。

"有什么不对吗?"我低语。

"一点儿也没有。"他怒气冲冲地顶了一句,"一切都按照计划,他们知道你会来。船上的货都已经装好,船长要准备出航了。可是……"他的声音变小,回头看了船一眼,再转身望着我,"只是……嗯,是这样子的,原本要与你同行的两个家庭,你的旅伴……他们还没有抵达。"

"但他们会来的。"我这样说着,试图让自己冷静下来。

"这可不太一定。"葛拉米先生承认,"我听二副说,其中一家捎信表示无法准时抵达利物浦。另一家有个小孩儿病得很重,想必他们觉得不该移动她。"葛拉米先生又望了海鹰号一眼,从他的表情来看,似乎所有的灾难都是那艘船造成的。

他转向我,继续说:"情况是这样的,谢克利船长不肯延后出发时间。这是合理的决定,他有他的责任。"

"可是,葛先生,请问,"我沮丧地说,"我该怎么办呢?"

"怎么办?陶小姐,你的父亲指示你要在这个时间上这艘船。他给了我十分明确的手写命令,也没有留下多余的钱以备万一。至于我嘛,"他说,"今晚要去苏格兰,紧急公事,不容耽搁。"

"可是,我……"葛拉米先生的说话方式与新消息都让我感到委屈万分,我叫出声,"我绝对不能单独旅行!"

"陶小姐,"他反驳,"船上还有船长和水手,我不认为这算是单独旅行。"

"可是……可是船上都是男人,葛先生!我……我是个女孩。这是不对的!"我大叫起来。百分之百确定我敬爱的双亲也会这么想。

葛拉米先生站直了身子。"陶小姐,"他傲慢地说,"在我的世界里,判断对错是上帝的事,小孩儿最好少管。现在,请做个好孩子,上海鹰号去吧,马上去!"

注:在我的叙述中,我必须使用某些不常听到的字眼,像是索具、最上桅帆桁、收帆等等。这些术语,我初次上船时也不知道,我是在航行中慢慢学会的。由于许多现代人都不具备这方面的知识,我在书的最后附上了海鹰号的图表。你可以随时查阅它,以充分了解我提到的部位。这些图表也使我无须多做不必要的解释,并可加快叙述的速度,至于船上的值班时间,附录中亦有详尽的解释。

第二章

登 船

葛拉米先生在前面带路,我终于迟疑地踏上海鹰号的甲板。有个人在等着我们。他是个矮小的男人(大多数的水手都是矮小的),只比我高一点儿,身着一件白衬衫,外罩一件磨损严重的绿色外衣,两件都不怎么干净。脸孔被海风侵蚀得黝黑,下巴刮得一塌糊涂,嘴上没有任何笑意。他不安地搓弄着手指头,脚不停地动来动去,眼珠子快速地转动着,深镶在一张狭小的鼬鼠脸上,好似随时随地警戒着突然的威胁。

"陶雪洛小姐,"葛拉米先生严肃地报出我的名字,"谢克利船长与大副都上岸去了。请允许我介绍二副基奇先生。"

"陶小姐,"那位基奇先生转向我,扯着嗓子说,"谢船长不在船上,所以我只好代替他发言。但是,小姐,我强烈建议你搭另一艘船去美国。"

"等等,"在我还没来得及回答之前,葛拉米先生插嘴说道,"我绝对不允许这种情况发生!"

这可不是我原先期待的欢迎词。

"可是,葛先生,"我说,"我确信家父不希望我单独……"

葛拉米先生抬起一只手,我只好把反对吞下肚去。"陶小姐,"他说,"我接到的指示非常明确,绝对没有旁生枝节的余地。我接了你,带你到这儿来,把你托付给这个男人。由于谢船长和大副暂时不在,他负起了他们的责任,为你签下上船证明。"

为了证实自己所言不虚,葛拉米先生拿出一张纸,向我挥了挥。

我的脑袋轻飘飘的,有如一袋棉花。

"所以说,陶小姐,"他迅速地说,"我唯一剩下的职责,就是祝福你的美国之旅快乐无比。"

坐而言不如起而行,他按了按帽子,在我还没能吐出半个字之前,就大步踏上跳板,朝岸边走去。

"但是,葛先生!"我绝望地喊着。

不知葛拉米先生听到了没有,反正他沿着码头继续走下去了,连头也不回。后来我再也没有遇见过他。

一阵急促的声响促使我回头看去。就着船首甲板的灯光,我看到几名脏兮兮的水手缩得跟猴子一样,正用旧绳索的麻絮填塞甲板间的缝隙。刚才的对话,他们毫无疑问听得一字不漏。现在,他们正用充满敌意的眼光,警戒地打量着我。

我感觉手肘被碰了一下,吓了一跳,不禁再次转身

去看,见是基奇先生。他似乎比刚才更紧张了。

"不好意思,陶小姐。"他笨拙地说,"现在一切都成定局了,不是吗?我想我最好带你到你的舱房去。"

此时,我想起我的那一箱衣物,那些仍放在岸上的服装,对我来说可比这艘船要亲切多了。既然它们还在那儿,我自然该在那儿。"我的箱子……"我喃喃说着,半转向码头。

"别担心,小姐。我们会帮你搬。"基奇先生说。他拿出一盏提灯,带着我走向船尾舱房墙上一扇通往下方的门。我能怎么做?从出生到现在,我受的训练都要求我要绝对服从,我受的教育都告诉我要逆来顺受,我不可能在一瞬间改变这一切。"请带路。"我啜嚅着。我像是几乎要昏厥过去的人,除了没有真的倒地以外。

"好极了,小姐。"他说着带领我穿过甲板,走下一小段楼梯。

我发现自己身处一道窄小黑暗的夹道中,抬头便是低矮的天花板。这个地方被人称为统舱,宽不满六英尺,长大约有三十英尺。在昏暗中,我可以看到两侧各有一扇门,远方也有一扇。主桅有如一棵巨大的树木,冒出地板并穿过了天花板。地板中央还钉着一张小桌子,椅子半把也没有。

整个地方封闭得令人害怕。腐化物的恶臭散布在空气中,使我找不到一丝舒适感。

"这边走。"我听到基奇先生重复了一次。他打开我

左侧的门。"你的舱房到了,小姐。是合约上订好的那一间。"他手一挥,请我进去。

我低喘一声。这间舱房只有六英尺长,四英尺宽,四点五英尺高。我的个子不算高,都还必须弯着腰才能进门。

"一般乘客要付六英镑才能住,小姐。"基奇先生提出忠告。他的声音柔和了不少。

我强迫自己迈入船舱中。对面墙上隐约可见一个狭窄的架子,部分是用木板搭的,等我注意到上面看似枕头与毯子的物品时,才了解这原来是一张床。接着,基奇先生提高了灯,我看到一个东西正在床上爬。

"那是什么?"我惊叫。

"蟑螂,小姐。每艘船都少不了的。"

至于其他家具,只有一个嵌在舱壁上的小柜子,柜子的门拉下来即可充当桌面。别的什么都没有了——没有舷窗,没有椅子,连一件礼貌善意的装饰品都没有。这个房间是丑陋的,不正常的,而且,是不可理喻的。

我惊骇地转向基奇先生,想提出新的抗议。老天,他已经走了,还顺便带上门,好像在锁紧捕鼠器上的弹簧一样。

我不确定自己缩在这窄小黑暗的洞里有多久了,把我惊醒的是一阵敲门声。我吓了一跳,喘着气说:"请进。"

门打开了,站在那儿的是一名看起来很老的水手,

颤抖且结瘤遍布的手上,紧捏着一顶涂满焦油的破帽子。他的衣着破旧,神情令人厌恶。

"有事吗?"我冒出声。

"小姐,你的箱子在这儿。"

我向门外望去,瞥见了笨重的箱子。我立刻知道,想把它搬进我的地盘,无疑是痴心妄想。

那名水手会意。"它太大了,是不是?"他说。

"我同意。"我结结巴巴地说。

"最好把它放到第一货舱。"他建议,"就在正下方。你可以到那儿去拿东西,小姐。"

"嗯,第一货舱。"我重复他的话,根本不知道自己在说什么。

"好极了,小姐。"那个男人说。然后他抓抓额上的头发,表达对这个主意的服从与同意。不过,他没有走,仍然站着不动。

"有事吗?"我愁苦地问道。

"不好意思,小姐,"那个男人神情十分诡谲地说,"我的名字叫巴罗。虽然这事与我无关,也轮不到我来告诉小姐这码事,不过,这儿的某些人,也就是我们这群水手,他们委派我来跟小姐说,小姐不应该待在我们的船上,不该一个人待着,不该是这艘船,不该是这次的航行,小姐。"

"你是什么意思?"我感到新的恐慌升起,"他们为什么这样说?"

国际大奖小说

"你待在这儿一点儿好处也没有,小姐,没有一点儿好处。离海鹰号远一点儿,越远越好。"

尽管我完全赞同他的话,不过我从小受到的训练告诉我,接受一名下层阶级人士的建议是大错特错的。我挺直了背脊。"巴罗先生,"我僵硬地说,"安排一切的是我父亲。"

"好极了,小姐。"他又拉了拉额上的头发说,"我只是尽我的责任而已,我是受人之托。"我还没来得及说话,他就迅速离开了。

我想随他跑出去,我想大叫:"没错,看在上帝的分儿上,让我下船!"

不过,我的教养当然不允许我这么做。

说实话,我绝望地决定,在抵达美国前,绝不离开这间舱房一步。我坚决地把门关上。但这样一来,整个空间就陷入完全的黑暗,我立刻又把门打开。

我全身乏力,一心只想坐下来。可是,根本没有地方坐啊!我下一个想法是躺下来。我试着不去想那些可怕的昆虫,随即举步走向我的床,但是却发现,穿着裙子实在很难爬上那么高的地方。突然间,我知道自己必须去趟洗手间!可是去哪儿呢?我完全不知道!

如果你能仁慈地为我想想,我这一生从未(连一时半刻都没有)少过年长者的帮忙、指引与保护,你就会知道当时的我所言并非夸大:我确信自己是被放进棺材里了。我的棺材。忽然忧烦的泪水冒出我的眼眶,我哭着,

女水手日记 018

吞咽着畏惧、恼怒与羞辱。

敲门声响起时,我仍在弯腰哭泣。我试着咽下泪水,转过身去,看到一个老黑人。手上那盏小小的提灯映着他,活像搜寻灵魂的死亡使者。

他的衣服比先前那位水手的更加破旧,换句话说,上面的补丁与碎布更多。他的手臂和腿肚子跟尖铁条一样细。布满皱纹的脸庞像是一张弄皱的餐巾,上面点缀着没刮干净的白色短须,拳曲的头发很短,嘴唇是松弛的,牙齿有一半不见了,他微笑的时候(我猜这是他现在试图做的表情),只能展示一堆参差不齐的断牙。但他的眼睛中闪烁出的好奇却具有一定的威胁性。

"有事吗?"我挤出声音。

"陶小姐,敬请差遣。"这个人的声调惊人地柔和甜美,"不知道你是否想喝茶。我有私藏的茶,也很乐意提供出来。"

这真是我最料想不到的好运。"你真仁慈,"我感到很惊诧,结结巴巴地说着,"你能送到这里来吗?"

老人轻轻地摇头说:"这是船长的吩咐,如果陶小姐想喝茶,就必须亲自到加油站来。"

"加油站?"

"也就是你所谓的厨房,小姐。"

"你是谁?"我小声地问。

"老查,"他回答,"本船的厨师、医生、木匠、牧师。而且……"他继续说,"也是你的,小姐,按照刚才说的顺

序,如果不幸有需要的话。好啦,你想喝茶了吗?"

说实话,想到能喝茶,实在让我感到安慰不已。茶提醒我,我熟知的世界并非完全消失了。

我无法抗拒。"好,"我说,"你能带我去……加油站吗?"

"十分愿意。"老人回答。他自门边退开,抬高了提灯。我跟着走了出来。

我们沿着通道向右走,登上一段短短的阶梯,到达船的中部甲板,也就是夹在船首甲板与船尾甲板间较低的部位。四处可见灯火闪烁,桅杆、圆材、索具朦胧衬托出绳网昏暗的轮廓。

那绳网让我自觉被捆绑住了,我不禁颤抖起来。

那名叫老查的男人领着我走下另一小段阶梯,进入一个较大的地方。在昏暗中,我可以看到一堆杂乱无章且奇脏无比的船帆与索具。接着,我在一侧看到一个小房间。老人走过去,准备迈入,但却停了下来,指着隔壁一个我没注意的小门。

"一号,小姐。"

"什么?"

"厕所。"

我的双颊在燃烧。虽然如此,这一生中我从没有那么感激过,至少私底下是这样。我一言不发,立刻奔去方便,不一会儿即返回。老查一直耐心等着。他没有再多说什么,直接进入加油站。

我忧心忡忡地跟着,停在入口向里头张望。

透过他手上提灯的闪烁光芒,我看到一间小厨房,柜橱、炉子一应俱全,甚至还有一张桌子与一只小凳子。整个地方虽然小,但却非常干净,厨房用具整齐地排在特定的位置上,包括菜刀、数目相同的汤匙与叉子、大杯子、小杯子、罐子、锅子,应有尽有。

老人直接走向炉子,茶水已经烧开了,滚烫的茶壶冒出噗噗的蒸汽。

他从墙上的凹洞取出一个杯子,注入香气芬芳的茶,然后递给我。同时,他示意我坐到凳子上。

此时的我已全身僵硬、疲惫不堪,品尝了茶之后,感觉舒服多了。

老查看着我喝茶。"我想,"他轻柔地说,"陶小姐可能需要一个朋友。"

我觉得他这项提议听上去有些刺耳,决定不加理会。

"我可以向你保证,"他脸上带着一抹微笑,"老查会是你的一个好朋友。"

"我也可以向你保证,"我回嘴,"船长会安排我的社交生活。"

"噢,可是我跟你蛮相像的。"

"我可不这么认为。"

"但我们是啊。陶小姐是最年轻的,而我是最老的!这当然有点儿相似。而且,你是唯一的女孩,我是唯一的

黑人,我们都是船上的特殊人物。总而言之,我们有两个地方很像,当然可以交个朋友。"

我望向别处。"我不需要朋友。"我说。

"每个人都需要最后的朋友。"

"最后的朋友?"

"帮你缝吊床的家伙。"他回答。

"我不懂你在说什么。"

"水手如果在海上死亡,小姐,他会被包在吊床里,沉到海底好好儿休息。必须有个朋友帮他把吊床缝好。"

我迅速咽下茶,递回杯子,起身准备离开。

"陶小姐,请等一下。"他伸手接过杯子,温和地说,"我还有东西要给你。"

"我不想喝茶了,谢谢。"

"不,小姐,是这个。"他拿出一把刀。

我惊叫一声,向后跳去。

"不,不!陶小姐,你别误会!我给你这把刀,只是想让你保护自己,如果有需要的话。"他把刀插入一个木质刀鞘,又把刀拔出来。

我发现,那把刀,其实就是所谓的匕首,它短短的刀刃(从鲸骨制成的刀柄到针般尖锐的刀锋)长不满六英寸。我吓坏了,只能一味地摇着头。

"陶小姐,你不知道将会发生什么情况的,所以带上它有备无患。"他鼓励我说。

"可我对刀子一窍不通啊!"我小声说道。

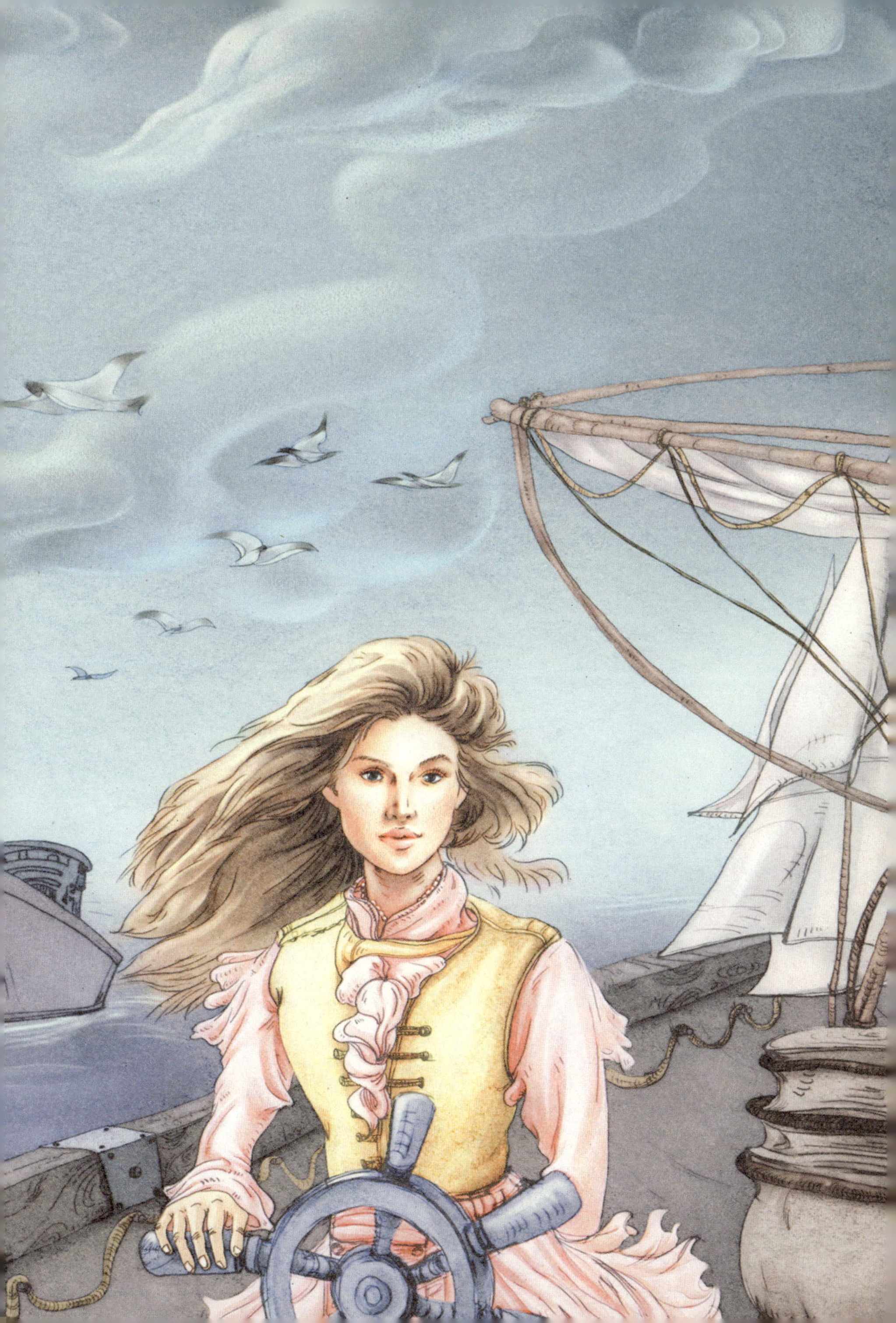

"船遇到风就得跟着跑,人也得随遇而安。"他小声回道,"收下吧,小姐,把它放在你拿得到的地方。"

他一边说,一边把我的手包握在那把匕首上。我困窘万分,只好拿着了。

"好了,"他拍了拍我的拳头,微笑着说,"现在陶小姐要回自己的房间了。知道怎么走吗?"

"我不确定……"

"我来带你。"

他送我到门口就走了。我一进去,就迅速地把匕首藏到单薄的床垫下,决意再也不要看到它。我费力地爬上床,没换衣服就躺下了。我断断续续地打了几个盹儿,却被某种砰砰的声音给吵醒了:那是房门开合的声音(生锈的铰链也在呻吟不已),配合着海鹰号温和的摆动韵律。

然后,我听到有人声传来:"长官,我唯一可以弄来的人,只有陶家的女孩。因为他们在旁边张望,我还演了一场戏,假装想踢她下船。"

"没关系,基奇先生。如果只能挑一个,她可是最佳人选。只要有她当证人,谅他们也不敢轻举妄动。我非常满意。"

"谢谢长官。"

他们的声音慢慢消失了。

我花了些时间分析自己听到的内容,但怎么都搞不懂,只好宣告放弃。接下来,我躺着倾听海鹰号在永无止

尽的波浪中起起伏伏，它的呻吟声使人想起噩梦缠身的睡眠者。

最后，我睡着了——船的噩梦终于降临到了我的身上。

第三章

绅士谢克利

转天早上,和衣而眠的我在狭窄的床上醒来,并且面临着残酷的事实。我如今的所在之地,根本不是"正当人家的年轻小姐"该来的,我只要闭上双眼,就仿佛又听到了父亲常说的这句话。

但是,当我躺在那儿,倾听昨晚伴我入眠的摇摆韵律时(当时我以为是船停泊在岸边的晃动),我想到葛拉米先生的话,他说海鹰号会顺着第一道早潮出发。现在还不算太迟,我可以要求上岸,然后想办法(哪种办法都无所谓)回到柏利顿女子学校。那儿有韦德女士在,我会非常安全。她会决定该怎么办。

我定下心,用力坐起,结果头撞上了低矮的天花板。我一边懊恼自己的笨拙,一边踏上舱房的地板,却发现两条腿虚弱瘫软,整个人不禁跪了下去。然而,我急迫万分,任何事都无法动摇我的决心。我用手扶着墙壁,一寸寸地往前进,终于跌跌撞撞地走出舱房,进入昏暗且密闭的统舱。我爬上阶梯,到达中部甲板,结果却看到生命

中最惊骇的景象。

不论我转向何方,映入眼帘的都是硕大的灰白船帆,从主帆到主最上桅帆,从船首三角帆到斜桁帆,每一道帆都鼓足了风。船帆之外伸展着天空,蓝得有如婴儿湛蓝的眼睛。绿色的大海,头戴白色泡沫的丝绒小帽,毫不留情地汹涌向前。海鹰号已经出海了。我们想必在好几个钟头前就离开利物浦了!

随着这项恐怖事实的揭露,海鹰号好像想提供最后的证据,忽然上下晃动起来。呕吐感哽在喉咙里,我头痛欲裂。

我感到无比虚弱,转身想寻求帮助。在短暂而恐怖的数秒钟内,我还以为甲板上只有我一个人呢。然后,我发现一道好奇的眼光正在审视我。只见一名红脸男子站在中部甲板上,背有些驼,肩膀宽厚有力,他深陷的暗色双眼(部分被线条粗深的浓眉所掩盖)使人觉得他好像永远都在犯疑心似的。

"先生……"我发出微弱的声音,"我们现在在哪里?"

"我们正在爱尔兰海上航行,陶小姐。"那男人声音嘶哑地回答。

"我……我……我不该在这儿的。"我费力说完。但那男人对我的话似乎无动于衷,他自顾自地转过身,粗厚的手伸向一只钟。中部甲板最前头摆了一座像是绞首台的架子,那只钟就钉在那架子上。他扯了三次。

正当我竭力不使自己倒下时,九个男人忽然冒了出

来：他们有的来自上方，有的来自下方，有的来自船头，有的来自船尾，每一个人都穿着水手特有的帆布马裤与衬衫。有些人穿着靴子，有些人打着赤脚。一两个戴着涂满焦油的帽子，其余人的帽子是红布做成的。蓄胡子的人有两个。有一个人留着长发，左耳还戴了一只耳环。他们的脸色均呈黝黑，想来是日晒与焦油熏染的缘故。

总的来说，他们表情悲凉沉默，姿态似丧家之犬，眼中除了郁闷之外没有别的东西，是我所见过的最沮丧的一群人，活像是从地狱门口招募来的佣兵。

我认出昨晚警告我的水手，但他没有注意到我。我极力寻找那个自称老查的男人，发现他正从船首甲板向下方张望，跟别人一样对我不理不睬。他们全都盯着别处，我也顺着他们的视线望去。

宽肩男人的身边多了另一个人。光看到他，就使我的心充满喜悦，放心与熟悉感随之而来。只要看到他那精美的外套、高顶的海狸皮帽、光亮的黑皮靴、雕像般洁净的脸庞与尊贵的姿态，不用别人多说一字，我立刻心知肚明，他，必定是谢克利船长。而且，他——我一眼就看出了——是位绅士。简单地说，他是个可以跟我交谈并能让我依靠的人。

不过，我还没来得及镇定心神走上前，谢克利船长就转向那个敲钟的男人。我听到他说："哈林先生，我们的队伍很短。"

哈林先生(没多久我就发现他是大副)不屑地看看下

方集合的人说:"二副已尽了最大的努力了,长官,其他人都不愿意签约,说什么都没用。"

船长皱皱眉接着又说:"我们必须厉行精兵政策。我绝不容许打马虎眼。叫他们一一报上名来。"

哈林迅速地点点头,向前跨了一步,面向集合的水手。"报上名字!"他吼着。

那群水手一个接一个跨出一步,抬起头,脱下帽,报出名字。不过,一退回到队伍里头,他们又恢复到原来颓丧的老样子。

"杜罕。"

"格林。"

"摩根。"

"巴罗。"

"佛力。"

"尤恩。"

"费斯。"

"强森。"

"老查。"

他们一一报完后,哈林说:"您的船员到齐了,谢克利船长。"

刚开始,船长一言不发,只是面带鄙夷地打量着那群人。我深有同感,不禁又对他多了几分尊敬。"二副是谁?"我听到他在问。

"基奇先生,长官,他在掌舵。"

"噢,这样啊,"船长回答,"基奇先生。我早该猜到。"他扫视着那一排水手,面露嘲弄地笑着说:"那,卡拉尼先生在哪里呢?"

"长官?"哈林显然摸不着头脑。

"卡拉尼。"

"我没听过这个名字,长官。"

"这还真是从天而降的好运。"船长仍是彬彬有礼地说。他的声音大得足以让水手和我听个明白。

谢克利船长向前跨了一步。"很好,"他的声音清晰而坚定,"很高兴再见到大家。我很欢迎你们继续跟着我做事。说实话,我想咱们的交情足以让每个人都充分了解我的要求。这样事情就容易办了。"

他自信的语调对我不啻是一剂强心针,使我觉得宛如新生。

"我不打算再向你们任何人发言。"船长继续说,"大副哈林先生会是我的发言人。二副基奇先生也是。保持距离才能造就诚实的船员。有诚实的船员,才有美好的航行。美好的航行会带来利润,而利润,各位好先生,足以改变整个世界。"

"不过,"谢克利继续发言,他的声音随着风升高,"我警告大家,合约上白纸黑字把你们应尽的责任写得清清楚楚,如果你们敢少做一点儿——哪怕是少一根小指头,我也会翻脸不认人。听清楚了,我保证我会这样做。大家都清楚我是言出必行的人,是不是?我们这儿没

有民主,没有国会,没有国会议员,船上只有一名主人,那就是我。"说完,他又转向大副吩咐道:"哈林先生。"

"长官!"

"额外配给甜酒,以表示我诚心祈祷这趟旅行能够愉快省时。让大家知道,我也听说过那句老话:船不会航过同样的海水两次,人也不会重蹈覆辙。"

"好的,长官。"

"你可以叫他们解散了。"船长说。

"解散。"大副应着。

一时之间没有人动。船长目不转睛地注视着那群人,然后他才缓慢地、非常小心地转过身去背向他们。

"解散。"哈林又说了一遍。

船员一一离开之后,他向谢克利船长耳语几句,两人握手,大副走向船的下方。如今,船首甲板上只剩下船长一人了。他不时向上眺望船帆,并开始来回踱步,样子几乎可以说是轻松的。他把双手交叉在背后,陷于沉思中。

此时的我仍紧抓着栏杆,竭力在上下起伏的船上保持平衡。不过我心中浮现出了新的希望,我还没有被遗弃。谢克利船长的出现,使我确信自己的世界已经失而复得。

我鼓起残存的力量与勇气,踩着阶梯,登上船尾甲板。当我抵达时,船长刚好背向着我。感谢上苍赐予这片刻的喘息机会,我站在原地不动,抑制着晕船的难受,回

想所有我受过的淑女教养,好呈现出最讨人喜欢的一面,并确定我的秀发(也是我的最佳资产)——尽管海风徐徐——还是服帖地垂在后背上。

他终于转过身来。他严厉的双眼盯在我身上片刻,然后……他露出微笑。这是一个多么仁慈、好心的微笑,我的心几乎要融化了。我觉得自己快要(我想我真的已经)洒下感激的泪水了。

"噢,"他的说话方式优雅至极,"陶小姐,本船的淑女贵客,"他扬起他的高帽,行了个正式的礼,"我是谢克利船长,敬请差遣。"

我摇摇晃晃地走向他,尽管虚弱不堪,还是费力行了个屈膝礼。

"拜托你,先生,"我摆出最有教养的淑女模样,小声说道,"家父不会希望我待在这艘船上,与这些人为伴。我必须返回利物浦,回到韦德女士身边。"

谢克利船长先露出灿烂的微笑,然后大笑起来——迷人且充满男子气概的笑容。"回到利物浦,陶小姐?"他说,"这是不可能的。人们常说,时间就是金钱,这句话用在船上更是再贴切不过了。我们已经顺利出海了,我们就应该继续前进。如果上帝成全,在驶入欢迎的港湾之前,我们不可能接触到任何一片陆地。

"你的旅伴都是些粗鲁汉子,这点我感到万分遗憾。我知道你习惯与更好的人为伍,可这恐怕是无法补救了。不过,再过一个月,最多不超过两个月,我们就能把

你平平安安地送到普洛维顿斯,除了美丽的秀发会沾些盐巴外,保证毫发无伤。至于这段时间嘛,我向你保证,等到你舒服了些——从你苍白的脸,我看得出你有些晕船——我会邀请你到我这儿来喝茶。我们,我和你,会成为好朋友的。"

"先生,我不该待在这儿的。"

"陶小姐,我向你保证,你绝不会受到一丁点儿的伤害。而且,俗话说得好,船上有个可爱的小孩儿——可爱的女人——可以让船员文明些,我想本船的员工有这个需要。"

"我觉得非常不舒服,先生。"我说。

"我想象得到,陶小姐。你放心,过上几天就没事了。现在,请容我告退,职务缠身嘛,很抱歉。"

他转身走向船尾,二副正站在船尾的舵轮旁边。

我的要求被他有礼但彻底地拒绝了。被将了一军后,我感觉更加虚弱,只好跌跌撞撞地摸回自己的舱房。

我很顺利地爬上了床,而且一上床,就陷入了某种昏迷状态。我一直这样躺着不动,虚弱得什么都做不了,并深信自己再也爬不起来。

偶尔,我感到一只粗糙但轻柔的手按在我的额头上。我睁开眼睛,看到老查年迈、黝黑的脸紧临着我,他温柔抚慰地低语着,一匙一匙地把温热的麦片粥或是茶(我不清楚是哪一种)喂到我嘴里,好像我是小婴儿一样。事实上,我的的确确是个小婴儿。

有时候，谢克利船长庞大而模糊的脸也会出现，这真是对我的一种温情洋溢的安慰。事实上我相信，看到他比看到任何事物更能让我安心。我的胃真的痛得厉害，头也是疼极了，即使是在梦中，我也被恐怖的影像所包围着。那些影像是那么真实，有一次我醒来，发现手中握着老查的匕首，想来是我把它从床垫下翻了出来，挥舞着与想象中的恶魔厮杀……我听到某个声音，于是四下搜寻着舱房。一只老鼠蹲在我的日记本上不停地啃着。我惊恐万分，抓起匕首投向它，再把脸埋进被单，眼泪夺眶而出，哭着哭着，又沉沉入睡了。

　　最坏的时光过去了，我终于得以安详入睡。我不确定自己睡了多久，但最后，我完全清醒了。

第四章

老查的试探

被四声钟响吵醒时,我不知道自己是睡了一天还是七天,只知道肚子饿瘪了。我还感到全身脏兮兮的,几乎迫不及待地想去接触新鲜的空气。

我侧身翻下床,高兴地发现我的腿还支撑得住。接下来我走向门口时,脚却踩到了什么东西,害得我几乎跌倒。我弯下腰仔细一看,发现我踩到的是那把匕首。一想到当初丢出它的情形,我就下定决心要马上将这把匕首物归原主。

于是,我就拿着匕首离开舱房。我踩着阶梯,登上甲板,满心以为会跟首次甲板探险一样,看到天空、白帆与大海交织而成的璀璨景致。结果却非如此。虽然海鹰号仍在左右摇晃、呻吟哀号,船帆却松垮垮地塌着。天空也变了样,低垂,满载着浓重的水汽,虽然不觉有雨,我的脸庞却马上被拂湿了。至于海呢,它的颜色几乎和天空一模一样,黏土似的灰色,充满了威胁的意味。不过,海仍在不断地有规律地起伏着,好似一个庞大而辗转反侧

的睡眠者的胸膛。

我四处张望着,只见有些水手在搓揉绳索,有些水手正用沉重的磨石在洗刷甲板。他们郁闷的沉默,加上肮脏的服装,实在令人感到不舒服。接着,我发现其中一个名叫杜罕的家伙正瞪着我。他蓄胡,秃头,脚部宽大,指节凸出,阴郁的眉头老是纠结在一起。忽然间,我发现他看的其实不是我,而是我拿在手上的匕首。

我猛地转身,试着把匕首藏到裙子的褶层里。当我偷偷回头张望时,我发现杜罕已经离开了。不管怎么样,这次事件提醒了我,我上甲板的目的,是为了把匕首还给老查。

我小心地不让别的水手看到我手上的东西,快步走向加油站。幸运得很,老查正好在。我站在舱壁旁,小声而含糊地说:"早安。"

老查放下手边的锅碗,转过身来。"噢!陶小姐,"他叫着,"真高兴看到你,也很高兴你已经找到我们水手所说的'航海腿'了。"

"查先生,"我觉得虚弱且喘不过气来,但还是拿出了那把匕首说,"请拿回去,我不想要。"

他好像根本没听到我在说什么,问道:"陶小姐想喝茶吗?"

我还是把匕首递给他说:"查先生,拜托……"

"来吧,"他说,"把这儿当成大房子,咱们进门吃喝一番。虽然腿已经好了,人还有肚子要喂呢。然后,也许

我会和陶小姐讨论一下我的礼物。"

我不确定该怎么做,食物的香味却替我决定了。

他立刻走到马口铁柜前,拿出一团类似生面团的扁平硬物。"陶小姐觉得这怎么样?"他问的样子好像这是什么山珍海味。

"那是什么?"我皱起鼻子问。

"硬面包,水手的面包。请吧,陶小姐,坐。"

虽然食物看来非常可憎,饥饿感终究占了上风。我走上前,在凳子上坐好,把手伸向硬邦邦的面包。同时,我把匕首搁在衣服的口袋里。

我进食时(可不是什么轻松差事,因为那块面包硬得像石头,而且几乎没有味道可言),他忙着准备茶。"我病了多久?"我问。

"已经是第四天了。"

过了一会儿,我说:"我想向你道声谢,你这阵子对我这么好。"

他转过身,满脸发光地说:"老查与陶小姐——是一道儿的。"

我担心他会得寸进尺,于是改变了话题。"我可不可以,"我问,"去找我的箱子?我需要一些干净的衣服,还有书籍。"

"这事嘛,"他说,"你必须和哈林先生说。"他把茶递给我。

我接过杯子,小口小口啜着。过了一会儿,我说:"查

先生,等我喝完茶,我不打算拿走这把匕首。"

他听完我的话琢磨起来。"陶小姐,"他把手放在心上说,"相信我,你也许会需要它。"

"什么样的需要?"我害怕地问。

"船,陶小姐……是一个自成天地的王国。"

"查先生……"

"地面上的王国,陶小姐,有国王与皇帝……"

"还有总统。"身为忠诚不贰的美国人,我补充道。

"对啊,还有总统。不过,当一艘船在海上时,统治者只有一个。就像神之于他的子民,国王之于他的王国,父亲之于他的家庭。船长与船员的关系也是这样的。行政官,法官,陪审团。他是一切。"

"一切?"我问。

"没错,"他严肃地说,"如果有需要的话,还包括刽子手。注意哟,陶小姐,'一船之主'这个称呼,用在咱们的谢克利船长身上是再适合不过了。第一天我在甲板上看到你时,你听到他说的话了吗?"

我站起身。"查先生,"我说,"船长是个好人。"

"你这样认为?"

"我确定是这样。"

一时之间,老查只是面露狐疑地瞪着我。然后他转身,继续忙着刷锅。

"查先生,为什么我会需要匕首?"

他暂停了手边的工作,我察觉出他正在下定决心。

过了一会儿,他转向我。"陶小姐,"他说,"听着。"即使说这句话时,他还是压低了声音向门外偷瞄了一眼。

"一年前,陶小姐,同一艘船,也就是海鹰号上,有个可怜的水手冒犯了船长,引发了他的怒火、他的审判。"

"查先生,我不想听你个人的……"

"陶小姐你自己问的,"他打断我的话,"现在你必须听。那个可怜的家伙名字叫卡拉尼。"

"卡拉尼?"我说,"船长是不是向哈林先生问起过他?"

"噢,你真的听到了。"

"他怎么了?"我问。说完后又后悔为什么要问。

"卡拉尼先生让谢克利船长大大不高兴。船长责罚卡拉尼先生,狠狠地责罚。"

"我相信那位……卡拉尼先生是罪有应得。"

"陶小姐,你相信正义吗?"老查转过头去问。

"我是美国人,查先生。"

"真的?你相信正义是属于每个人的?"

"正义属于每个配得上它的人。"

"谢克利船长说,卡拉尼先生做事的手臂理所当然是他的。陶小姐,卡拉尼先生现在只剩下一只手臂了。他被谢克利船长狠狠打了一顿,船长亲口说,他要了卡拉尼的手臂。当时我先是卡拉尼先生的医生,后来还当了他的木匠。"

我惊骇万分,从凳子上跳起来。"我不相信!"我大

叫,"地位低的人敢批评地位高的人,正义才真是无法伸张。"我听我父亲说这句话很多次了。

"不管你信或不信,陶小姐,我句句实言。"他说着上前堵住我的去路。

这一回,拿背对着人的可轮到我了。

"接着,船员们,"他自顾自地说下去,"每一位船员上岸后,都去海事法庭陈情,想起诉船长。可是,一点儿用都没有,陶小姐。谢克利有他的门路,他只需要说卡拉尼拒绝服从合法的命令,结果法庭连一句责备的话也没有就放他走了。太阳底下这种伤心的事太多、太平常了。

"可是,"老查坚决地说下去,"船长必须再出海,出海是他的生命。他最出名的就是迅速的航行,因为速度能带来丰厚的利润,他必须维持住自己的名声。不过要出海嘛,就算是谢克利也需要船员……"

"查先生,我必须请你收敛……"

"不过,谢克利再也找不到别的肯上海鹰号的家伙了。大家都接到警告了。"

他边说,我边想起利物浦码头上逃跑的那两个人,一个是听到船长的名字,另一个是看到海鹰号。

我不禁转身说:"不过,查先生,现在这些人呢?"

"船上的人?"

"不错。"

"陶小姐,我只说别的人不肯上船。"

突然间,我明白了。"他们是他以前的船员?"我问。

他的眼睛严厉地盯着我,令我毛骨悚然。

"从前海鹰号的船员?"我质问。

他点头。"只有哈林先生是新人。"接着他补充道,"还有卡拉尼先生,他无法签约。"

我瞪了他一会儿,凭着意志力勉强开口:"既然谢克利船长那么残暴,他们为什么还要跟他签约?"

老查倾身靠向我。"报复。"他低声说。

"报复?"我虚弱地重复着他的话。

"就是因为这样,我才送你这把匕首。"老查点点头说。

我的手不由得碰了一下口袋中的匕首。

"他们,"他压低了声音,指了指甲板的方向,"知道你父亲的名字。他们知道船长为他工作。他们认为你会站出来……"

"查先生,"我用仅存的声音打断他,几乎是低不可闻的耳语,"我对船长只有尊敬。"

"确实如此。"

片刻之间,我们都没有说话。

然后老查问:"你把我给你的匕首放在哪里了?"

"床垫下。"

"陶小姐,我请求你,还是把它收在你那儿。"

就在此时,某个声音吓着了我们。

我们四处张望,只见是哈林先生,他像间谍一样打量着我们。从他皱起的眉头,可以看出他并不乐于见到

我们的秘密聚会。

"陶小姐,"大副说,"谢克利船长向你致意,不知你是否愿意到他的房间一块儿喝茶?"

第五章

成为船长的朋友

我从没碰到过这么无礼的家伙!这个老查,区区一个厨师,一个下等人,竟敢向我造谢克利船长的谣,编出这种暴力又残忍的诽谤故事,说得还跟真的一样!这真是太可耻了。我才不会,也绝不可能相信!多亏哈林先生出面解救,才令我松了一口气。

我昂起头,尽量用手整理好衣服与头发,在沿路船员警戒的眼光下,紧随着大副从加油站走向船长的舱房(就在统舱远方的另一端)。一路上,我碰到口袋中的匕首不止一次,我决心把它交给船长。

至于要不要告诉船长我刚才听到的故事,这就让我犯难多了。一想到要坦承有人曾冒犯过我,我就觉得非常不自在。可是,不讲又使我觉得像个共犯。

我还在犹豫不决时,哈林先生就敲响了船长的门,里面传出一声"进来",他便开了门,我迈步走了进去。

在海鹰号的其他地方,我看到的都是粗糙原始的风貌,没有丝毫的品位或文化。可船长的舱房却是另一个

世界。

这个房间的宽度跟海鹰号一样,高度足以让我站直身子,而且还绰绰有余。墙上的镶板金碧辉煌,上头挂着精致的绘画,以及描绘着我喜爱的英格兰田园的版画。后墙上(亦即船尾)有一排窗户,窗下放着一只美丽的填充沙发。左舷侧架着一张高床。对面的右舷侧摆着一张小桌子,上面放着排列整齐的图表与收在天鹅绒布盒里的航海仪器。桌子旁有一个铁柜,我猜是保险柜,跟我父亲的几乎一模一样。我在一个角落偷瞄到一面棋盘,棋子摆放得井然有序。最后是一张大桌子,桌上摆着整套的银质茶具。旁边还放着数把椅子。

如果没有船只摆动的嘎吱声,索具与铁链的尖促抖音,以及海浪的起伏声,我还真有理由忘记如今人已在海上。

完成这幅优雅画面的最后一片拼图的是谢克利船长。房里有一对扶手椅,他坐在其中的一把上,身着华服盛装,膝上摊着一本打开的书。事实上,那是本《圣经》。我一走进来,他就站起身,优雅地鞠了个躬。

回想起刚才与老查的聚会,真是天壤之别啊!我不禁心醉神迷。

"陶小姐,"他说,"你真好心来拜访我。"

我全心全意想表现出最好的一面,于是连忙走向前,伸出一只手。他优雅地握住,然后转向大副。"哈林先生,"他利落地说,"没别的事了。"

哈林先生行了个礼,告退出去。

"陶小姐,"谢克利船长继续露出优雅的微笑,并小心合上《圣经》,放到别处说,"请坐。"他帮我移出另一把罩有布套的扶手椅。

"谢谢。"被当成淑女招待,使我又紧张又兴奋。

"你似乎很惊讶,"他说,"我的舱房里有这些好东西。"

他的发现真令我脸红。"这个房间很棒。"我承认。

"你称赞这个房间,可见品位很优雅。"他柔和地说道,"我的船上不常有知识分子来访,譬如像陶小姐这样的人,所以房间的美丽也就很少有人注意了。我的船员们都是些不太有品位的人,唉,这都是观念的缘故,他们对这些东西是不屑一顾的。不过,你和我——我们这个阶层的人就不一样了——我们了解生命中有更美好的事物,不是吗?"

我的脸又红了起来,这次是愉悦的红晕。

"可以让我为你倒杯茶吗?"他说。

我满肚子都是茶水,但我不打算拒绝他。

"吃些饼干?"他递给我一盒苏格兰薄片饼干。我拿了一片,开始细细品尝。酥脆奶香,美味极了。

"像海鹰号这种船,"他说,"舒适并不是它的设计重点,通商与赚钱才是它的使命。不过,我还是尽可能保持舒适。"他也为自己倒了一杯茶。

"我听说,"他回到座位上,"你已经康复了,我很高兴知道这个好消息。陶小姐,我建议你多散步,多呼吸新

鲜的空气。你马上就会和从前一样健康——甚至更加健康。"

"谢谢你,先生。"

"真遗憾其他两家人不能与我们同行。他们原本能够为你的海上之旅增添不少欢乐,于我亦然。"

"是的,先生。"

他微笑着说:"你知道吗,我有个女儿。"

"真的?"

他起身从墙上拿下一张小小的肖像画,高举着好让我瞧个仔细。画上是一个可爱的小孩儿的脸蛋,大大的眼睛,甜甜的嘴巴。"她名叫维亚,才五岁,我希望有一天能带她和她的母亲上船。不过,目前这孩子还太纤弱了些。"

"她长得好甜,先生。"我说着伸手想把那张小画拿起来。他却退开了一步,好像片刻都不愿与之分离。

"如果你不嫌我太大胆唐突,陶小姐,我认为你和她会是一对人见人爱的姐妹。我真的好想她。"他温柔的眼神在画上流连不去。然后他细心地把画挂回墙上,从头到尾目光都没有离开那小孩儿的脸庞片刻。"你的房间住得舒服吗?"他问。

"噢,舒服,先生。"我向他保证。

"毫无疑问,是有些窄小。"

"只有一点点。"

"陶小姐,我准许你自由使用这艘船。至于餐点,只要

你愿意，你随时都可与我共餐。当然，我不认为你会喜欢那些船员，不过对他们和善些是没有坏处的。事实上，你可以为他们带来无穷的好处。"

"你这样说真是好心，先生。"为了感谢他的称赞，我这样说道。他的神情充满诚挚，我实在无法抗拒。

"跟他们说说话，陶小姐。"他鼓励我说，"让他们知道温柔是什么。念些道德故事给他们听，向他们宣传福音也可以。听听他们的故事，我保证，他们会把最稀奇古怪的东西塞进你美丽的小脑袋瓜里。"

"我相信，先生。"我说。想起老查告诉我的故事，对我来说，船长在饮茶时的表现足以证明他拥有真正的美德。

"据我所知，"他继续说，"查先生已经向你伸出了友谊之手。"

我挺直身子说："他这个人有点儿不懂礼貌。"

"那些水手……"船长懒洋洋地说，"他们的天性中没有温柔，他们需要别人的教导。"他打量我片刻，"你今年几岁了，陶小姐？"

"十三岁，先生。"

"你的父亲，据我了解，是本船公司的职员。"

"是的，先生。"

他微笑着说："你看，所以我更有理由要好好儿确认，你与我们共处的日子是舒适愉快的，我希望将来你能提出一篇可圈可点的报告。"

"噢，先生，"我热心地喊着，"我确信我不会吝惜赞美你，你实在太……"

"如何？"

"你使我想起家父。"我再次红了脸说。

"你太褒奖我了，希望我配得上你的赞美！"他叫着。他脸上洋溢着的一目了然的欢乐，使我非常欣慰。"陶小姐，请原谅我口拙。不过，既然我们要做朋友——我们已经是朋友了，你同意吗？"

"荣幸之至，先生。"

"你还说我让你想起你敬爱的父亲？"

"的确如此，先生。"

"那么，我可以对你开诚布公吗？"

"请说，先生。"我回答着，再次感觉飘飘然。

"陶小姐，我不得不承认，船上的确不是年轻淑女待着的好地方。船长的工作也确实不轻松，只要想想归他管的船员天性如何，你就会明白我的意思。他们的心中没有神，我必须实话实说。水手常常都是如此。

"有时候，"他继续说，"你会觉得我很严厉。相信我，如果仁慈可以促使船员做好工作，我非常乐意当个仁慈的人。可是，他们对我的尊敬会荡然无存，他们不了解仁慈是什么，他们认为那是懦弱。他们需要的是强势的领袖与一顿好打，就像不会说话的禽兽需要人鞭打一样。我必须为这艘船、为本公司——也包括你父亲——做最好的打算。我是个一丝不苟的人，陶小姐。没有秩序的地

方等于混乱。一艘船若陷入混乱,就等于航海没有舵轮一样。至于危险嘛……"他的手挥向那个铁制保险柜。

"你看到那个柜子了吗?"

我点点头。

"里头摆满了毛瑟枪,全都上膛了。但已经锁上了,钥匙也安全得很。我向你保证,陶小姐,船上除了这儿之外,绝对没有别的枪。"

"我很高兴,先生。"我身子颤抖了一下回答说。

"所以说,你和我,陶小姐,我们互相是了解对方的,是不是?"

"噢,是的,先生。我确定,先生。"

"你让我开心极了!"他叫着,"不论你有哪一方面的困扰,我都欢迎你找我商谈,陶小姐。如果有什么事吓着了你,或者是……你也许会觉得……我该怎么说才好……什么坏的事要发生了。如果你听到他们之间传的谣言……这些船员,跟天下所有船员一样,总是抱怨来抱怨去的。你上过学校?"他突然问道。

我点点头。

"就算你喜欢学校和师长,我相信你和同学们也会有批评的话想说。"

"我想是的。"

"这里也是一样的,陶小姐。大家都是朋友,但是……有些人还是会抱怨。事实上,我想请你助我一臂之力。你可以在他们之间充当我的耳目,陶小姐。我能请你帮这

个忙吗?"

"我可以试试看,先生。"

"如果你看到像这样的东西……"他从《圣经》里抽出一张纸,上面画着两个圆圈,小的包在大的里面,两圆之中的空间填着类似签名的涂鸦。

我茫然地看着它。

"圆形陈情书。"他说,"这样签,没人分得出谁的名字在前,谁的名字在后。这是那些人的典型作风,不肯为自己离经叛道的行为负责。它可以说是一种盟约。"

"我不懂。"

"陶小姐,签这个东西——签圆形陈情书的人,是打算制造麻烦的,找我的麻烦,也找你的。如果你在船上看到这种图案,必须马上告诉我,这样我们的性命就可能因此获救。"

"好了,"他轻快地说着,阴森的声调随之消失,"我

相信你和我很快就会成为好朋友。"

"噢,当然了,先生。"我向他保证。

他喝下最后一口茶,说:"现在,有我可以为你效劳的地方吗?"

"我的箱子放在别的地方了,先生。我想拿一些衣服和书。"

"你想把箱子搬上去吗?"他问。

"我的房间太小了,先生。我想我去拿就是了。"

"我会找一个人领你去。"

"谢谢你,先生。"

"还有别的事吗?"

"有,先生。"

"什么事?"

我从口袋里掏出那把匕首。他见后惊骇万分。

"你从哪里拿到的?"他正色质问。

"我不知道我该不该说,先生。"

他的脸庞变得非常严厉,说:"陶小姐,是我的水手给你的吗?"

我的心中闪过老查的脸,上船的第一晚,他对我是那么仁慈。说实话,我并不喜欢那个黑人,他的唐突无礼使我非常不快。可是,船长在问话时眼中浮现的严峻封住了我的嘴。我不希望给老查带来麻烦,他的用心无疑是好的。

"陶小姐,"船长坚定地说,"你必须告诉我。"

"是葛拉米先生给的,先生。"我冒出声。

"我不认识这个人。"

"那位送我上海鹰号的绅士,先生。家父的生意伙伴。"

"利物浦来的?"

"我想是,先生。他是位绅士。"

"确实如此!"他说。他看起来放松了许多,手伸向匕首。我递给他,他试试刀的尖端。"真的刀锋。"他宣布。然后,出乎我的意料,他把匕首递还给我。

"如果它能让你有安全感,就把它放到……你的床垫下吧。"

"我是把它放在那儿的,先生。但我不想要它。"

"我想你最好收着。"

"为什么呢?"我轻声问道。

"收着吧,不过也祈祷你永远不会用到它。"他回答,"好了,我坚持让你收着。"

我把匕首放回衣服的口袋,但下定决心,一有机会就把它扔到海里去。

谢克利船长愉悦地笑着,问了我许多有关家庭与学校的问题,通过这些问题,我很快就恢复了轻松与舒适。五声钟响时,我正在讲韦德女士的事。船长站起身。

"不好意思,"他说,"我必须回到甲板上。我会吩咐一个人陪你去找箱子。你知道它的确切位置吗?"

我摇摇头。"当时是巴罗先生负责搬运的。"我解释。

"跟我来,"他说,"我会叫他陪你。"

他在敞开的门前停下脚步,夸张地伸出手臂。我散发出快乐的光芒,挽住他的臂弯,两人自信骄傲地走出船长舱房。

第六章

货舱魅影

我的衣服穿了四天没换,如今已皱褶遍布,七扭八歪,乳白色的手套也变成暗灰色了,那又怎么样呢?我漂亮的头发可能已是脏乱不堪,像根马尾巴似的在后面晃着,那又有什么关系?在众目睽睽之下,我们穿越中部甲板,走向船首斜桅与船首雕像,此时的我反而觉得自己像个被人迎向宝座的公主。

浓雾依旧低垂,但却无法遮掩我高昂的情绪。谢克利船长是灿烂夺目的太阳,我,则是月亮,浸浴在他反射出的光华中。

"谢克利船长,先生,"我说,"船似乎走得很慢。"

"你的观察很正确。"他回答。多么完美无缺的绅士啊!"但是,只要你看看那儿,"他指向主桅之外,"你就会注意到一些变化。云层很快就会露出裂缝,到时我们会赶上行程的。那儿,你看,"他大声宣告,"太阳打算要露出脸来了。"

好像听到了他的命令,一缕细长的金黄出现在他所

指的地方，但没过多久，就消失在块状的云层后面。

我们从船首甲板行经船尾甲板，走向舵轮。掌舵的人是佛力，一个瘦高蓄胡的男人。基奇先生就站在佛力的旁边，一如往常地半丝微笑也不露。船舵本身庞大且笨重，上面装有当杠杆用的粗木棍，好使掌舵省力些。

我和船长走近时，那两人偷瞄着我们，但一言不发。

谢克利船长放开我的手臂，向天仰望着船帆。最后，他说："基奇先生。"

二副转向他："是，长官。"

"我相信，"船长说，"马上要起风了。"

基奇先生看来很惊讶。"你这样认为吗，长官？"

"要不然我干吗跟你说？我会做这种事吗，基奇先生？"

二副盯了我一眼，好像我知道答案似的。但他嘴巴说出来的是："我想不会，长官。"

"谢谢你，基奇先生。现在，我要充分利用这阵风。绑上每一条转帆索，准备架上辅助帆桁。"

"是，是，长官。"

"还有，把副帆准备好。要赶上行程，我们也许会用到副帆。"

"是，是，长官。"基奇先生又望了我一眼，随即迅速穿过船尾甲板，走到栏杆旁大叫，"全体集合！全体集合！"

一眨眼工夫，所有的船员都聚集在甲板上。

"负责上桅与最上桅的人员上去！"他叫道。

随即，船员迅速地爬上高耸于桅杆之间的桅牵索和索具。他们一边向上爬，基奇先生一边喊出一连串指令："抓住上桅绳索！拉紧！松开索具！"随着指令的下达，船员拉动飞扬的绳索，直到指定的船帆移位就绪。这真是一场叹为观止的演出，不过，就算船的速度因而变快了，我也感觉不出来。

船长转向佛力。"向南偏一度。"他说。

"向南偏一度。"佛力双手逆时针方向回转舵轮，重复说。

"方向不变！"船长说。

"方向不变！"佛力重复。

此时哈林先生走向舵轮，谢克利船长立刻叫住他。

"哈林先生！"

"是！"

"为了方便起见，请你去叫巴罗先生来陶小姐这儿。她想知道她的箱子在哪里。"

"遵命，长官。"

"陶小姐，"船长向我说，"请跟着哈林先生好吗？我很喜欢和你聊天，期待以后有更多这种机会。"

当时当地，就在船员众目睽睽之下，他执起我的手，鞠了个躬，嘴唇轻触我的手指。我全身不禁发出骄傲的光芒。最后，我跟随哈林先生离开——也许用"飘浮在空中"更恰当。他几乎无法掩饰对船长与我道别方式的不屑。他走过船尾甲板，停在栏杆前，监视中部甲板的动

静。他视察船员调整索具，不时发出吼叫，命令人移动这根绳索，拉紧那根绳索。

"巴罗先生！"他终于大叫。

"在这儿，长官！"回答来自高处。

差不多在上方六十英尺处，我看到那名水手。

"下来！"哈林先生叫道。

尽管外表老朽残弱，巴罗的敏捷可不比猴子差。他手脚并用，爬过刚才栖息的前桅帆桁，攀到前桅，然后是索具。随即，他抓着细窄的绳索往下滑，快得简直像奔驰一样，最后轻巧无声地落在甲板上。

"是，长官。"他气也不喘一声地说。我的气还喘得比他厉害呢，光看他从那么高的地方，又用那么快的速度往下滑，就足以使我呼吸停止。

"巴罗先生，"哈林说，"陶小姐需要她的箱子。我听说你知道上哪里找。"

"我放在第一货舱了，长官。"

"做个好事，带她去那边。"

"遵命，长官。"巴罗一直没有看我。现在，他终于看我了，并害羞地点个头，抓抓自己的头发。我了解他是要我跟着他。

想前往第一货舱，一般要经由中部甲板正中央的舱口。由于航行期间舱口是封闭的，巴罗带我走另一条路——船员餐桌下的梯子。船员餐桌位于统舱，就在我舱房的正对面。

他把带来的蜡烛先放到一边,一翻身滚到餐桌下方,再拉开一个平嵌在地板上的门。他点燃了蜡烛后,我看见他弯着腰,身子已经有一半降到洞里去了。

"麻烦你,小姐。"他示意我跟上。

虽然满心厌恶,可我着实没有太多选择。我双膝双手着地,退入洞中,往下爬了有十二级阶梯,距离差不多有八九英尺吧。

"就在这儿停住,小姐。"巴罗本人紧邻着梯子在我身边说道,"你不会想爬到更下层的货舱去的。"

我向下看,只见梯子继续延伸下去,没入一个看似黑暗地狱的深坑。

"那儿的货物更多,"他简单地解释,"老鼠和蟑螂也更多,还有船底的脏水。禁闭室也在那儿。"

"禁闭室?"

"船上的牢房。"

"船上有牢房?"

"谢克利船长的船上绝少不了它,小姐。"

我憎恶地颤抖。

巴罗向我伸出粗糙多节的手。我心不甘、情不愿地握住,轻跳一步,落到货舱的甲板上。此时我才开始四处张望。

我来到的是一个木头削成的大洞窟,由于巴罗手上的蜡烛不够亮,这个洞窟的前方与后方都没入了黑暗中。我忽然觉得自己好像是在鲸鱼的肚子里——跟《圣

经》中的约拿一样。这儿的空气是凝结的,腐臭气充斥着各处,我不禁屏住呼吸。

"那是什么?"我指着一个上面联结着许多把手,并有管子从上分支而出的大圆筒问。

"抽水机。"他说,"以防咱们在海上沉船。"

四面八方都可看见当初在利物浦码头见到的箱堆包裹,如今这幅景象已不复有浪漫气息。这堆货物杂乱地散着,一个顶在一个上头,被绳索与楔子捆绑固定住,但多数货物能立在那儿还是得靠自己撑着。这整幅景象使我想起一堆塞在盒子里的混乱积木。

"下面还有更多,"巴罗说,"不过,你的箱子在这儿。"他注意到我正好奇地四处张望。没错,我看到它躺在两堆货物夹成的一道窄道旁。

"你能帮我打开吗?拜托!"我请求他。

巴罗打开锁扣,推开箱盖。我的衣服就躺在棉纸里,摆得漂漂亮亮的,学校的女仆的确善尽职责。看到另一个世界的剪影,我的嘴里不禁发出一声叹息。

"我没办法全部带走。"我说。

"好啦,小姐,"巴罗说,"现在你知道箱子在哪里了,你可以拿东西了。"

"没错。"我说完双膝跪下,开始细心地打理那一层又一层的衣物。

过了一会儿,巴罗说:"如果你同意,小姐,我可以说句话吗?"

"你知道我现在很忙,巴罗先生。"我小声地说。

一时间,那水手一声不响了。但是,我仍可察觉到他紧张地站在后方。

"小姐,"他出其不意地开了口,"你记得你刚来时我曾说了些话吗?"

"我已试着忘掉了,巴罗先生。"我稍许严厉地说。

"你不该忘掉,小姐。你不该。"

他诚挚恳切的声调使我停了下来。"你的意思是……"我问。

"就在刚才,船长命令我们演了出闹剧。什么拉绳子扯风帆的,根本一点儿根据也没有。他骗人……"

"巴罗先生!"我打断他的话。

"这是真的,小姐。他在侮辱我们,还有你。记住我的话,做坏事不会有好结果的。"

我用双手紧紧捂住耳朵。

过了片刻,他说:"没关系,小姐,我会把蜡烛留给你。你不会到下层的货舱去吧,你不会吧?"

"我没问题的,巴罗先生,"我坚定地保证,"请走吧。"

我专注地翻箱子,根本没空留意他,只隐约听到他退开并爬上梯子。不过,等我确定他已经离开之后,回头望了望。只见他把蜡烛放在地板上,离那道通往下层货舱的梯子不远,虽然火焰迎着风口闪烁不定,想到它还能再燃烧一阵子就令我心满意足了。我转身继续整理我的箱子。

我跪着，艰难但开心地挑选是要这件衬裙好还是那件好，同时也遵照船长吩咐，寻找适合念给船员听的书籍。就在此刻，我突然觉得有个什么东西在那里潜伏着，可以这样称呼，是存在物，是个我无法定义的物体。

刚开始，我试着不去理会。可是，不管我多努力，这种感觉就是无法退去。当然啰，船上没有一处是安静的，呻吟的涛声永无终止。我还听得到船底脏水溅开的水花声，以及窸窸窣窣的摩擦声，到底是什么东西发出的声音我宁可不去想——譬如巴罗提到的老鼠。不过，一段时间之后，我完全确定（虽然我不知道自己是怎么确定的），有个人在窥视着我。

随着这项事实的揭露，我整个人被恐惧冻结住了。接着，慢慢地，我抬起头，越过行李箱盖，瞪着前方。就我所见，没有任何鬼影子。

我的眼睛扫向右方，没人。左方，也没人。只剩下一个地方了——后方。一想到此，我的颈背就僵直发凉，最后，一股突生的惧怕驱使我猛地转身。

就在那儿，通往下层货舱的洞口那儿，冒出一颗露齿而笑的头颅，它的眼睛定定地望着我。

我惊声尖叫。转瞬间，蜡烛熄灭了，我跌入一片黑暗中。

我害怕得再也叫不出声，只能保持静止不动。我缩在黑暗的深坑中，任凭浪涛拍击船的声音袭上心头，任凭狂乱的心跳呼应着它的节奏。我忽然想起老查的匕首

还收在身上。我颤抖的手伸进口袋,拿出匕首,抽出木质剑鞘,剑鞘从我笨拙的指间滑落,当的一声掉到地上。

"有人在吗?"我声音微弱且颤抖地叫着。

没有回答。

见过了好久没有声响,我的胆子大了不少,又重复一遍:"有人在吗?"

仍旧没有一丁点儿回应,没有一丝半毫的动静。

渐渐地,我的眼睛习惯了风声鹤唳的黑暗,看得到甲板以下的梯子,以及上方呈四方形的微弱光源。从那儿,我可以循着梯子的线条,望进下方漆黑隐约的货舱。就在那个地方,就在洞的边缘,我可以更清楚地审视那颗头颅。它的眼睛邪恶地闪烁着,嘴唇扭曲成一抹阴森、撒旦般的诡笑。

虽然害怕得很,我还是用眼睛瞪过去。我瞪得越久,越觉得那颗头颅好像没有动——根本是一动也不动。它的模样始终不变,着实古怪极了。最后,我鼓起勇气,把恐惧暂抛一边,探身向前(微乎其微地),试着去看清到底是谁(或是什么)在那儿。

我手忙脚乱地用匕首护住胸口,向前爬去。我挨得越近,那颗头颅的线条越显得古怪扭曲。它看来完全没有人样。

当移近到只差两英尺处时,我停了下来,等候着。但那颗头颅仍然不动,连眼睛也不眨,看来跟死了没什么两样。

我伸出颤抖的手指,用尽全身力量,轻触了一下那东西,虽然只是轻轻地,但足以让我知道它很坚硬,硬得简直跟头盖骨一样。起初我怕得缩成一团,然后,疑惑取代了恐惧。我稍加用力地再碰那头颅一次。这次它滚到一边,好像从肩膀上断离了似的,但它那邪恶的眼神始终围绕在我身上。我迅速退开。

当时我已移得够近,双眼也熟悉了黑暗,我可以更清楚地辨识那颗头颅。我发现,那张看似人类的面孔只不过是个奇形怪状的雕刻———一尊棕色的头像而已。

我勇气倍增,再次伸出手,打算抓住它。这次,那颗头颅翻滚数圈,在洞穴的边缘晃动着,随即掉下去。我听到它跌落、滚动的声音,继而便无声无息了。

刚才的行为让我困惑,脱离危险又使我松了一口气,就在这两种情绪的交战中,我把匕首放回口袋(剑鞘已不翼而飞),然后拿起蜡烛,开始攀爬梯子。爬到一半时,我想起我的衣服——我之所以会到下面的主要原因。一时间,我晃在梯子上,考虑是否要回去拿一些我需要的衣物。

我坚定地告诉自己已经没什么好担心的了,于是在黑暗中跌跌撞撞地返回箱子旁。我取出先前整理好的衣物,转过身,期待着再次见到那颗头颅,当然是没有。然后,我用臂弯紧紧夹着衣服与书籍,一级一级地爬到梯子的最顶端。关好地板上的双层门后,我从餐桌下爬出,迅速退回自己的舱房。

我换了衣服,立刻觉得镇静多了,也终于能够去回想刚才所发生的一切了。

第一个问题:我到底看到了什么?一个奇形怪状的雕刻嘛,我跟自己说。不过,我必须承认自己并不确定。即使那真是雕像,雕像能够弄熄烛火吗?那当然是有人一手造成的。我不禁想到了巴罗。

可是,进一步思考后,我很确定巴罗是空手来的(除了手上的蜡烛之外)。是的,我百分之百确定。还有,虽然我不怎么了解他,可是这个水手看来顺从畏缩,是不太有本事耍这种恶毒的花招的。毕竟,他还两次警告我要注意可能遇到的危险。

不过——如果不是巴罗的话,那就有第二个人了,是某个人把雕像放在刚才我看到头颅的地方。我开始琢磨这种可能性,不禁猛然醒悟,是啊,当时我看到了两张脸。

第一张脸,我百分之百确定,是人的脸,是这张脸吹熄了烛火,依靠着黑暗的遮蔽,布置好雕像,把我着实吓唬了一番。

虽然我对自己记忆景象和声音的能力颇为自豪,但我仍无法把那张脸对上我见过的水手。是张新面孔?那简直是不可能啊。因为我们在海上,访客不会从天而降吧!

好,没关系,根据我的推理,大不了我就是不认得那个从货舱探出头来的人。再怎么说,我只是匆匆一瞥。可

是，如果我认不出他是谁，下一个问题就是：他为什么现出身来？

到底为什么呢？好吓人啊！这点是毋庸置疑的。然后呢，他的目的何在？让我觉得我看到的不是事实？我想起巴罗说的话：也许有人想警告我。

可是，我想，为什么有人想警告我呢？没错，我曾被警告不要上船。还有，老查说过船员想报复谢克利船长的残酷，这些话着实令我不安——即使我半个字也不信。然后，我也想起船长提出的警告，他说那老黑人总是喜欢夸大其词。

太多不解的谜，太多复杂的结，我无法解开谜团，最后索性把自己骂一顿，深信一切都是我在无中生有、胡思乱想。

我的结论出来了：一定是我没看仔细。至于蜡烛嘛，我判定，也许是一阵突发的气流把它给吹熄了。至于那尊雕像嘛，它想必一直就放在那儿，只是我没看见而已。

如此这般，我强迫自己相信，刚才的我就像愚笨的女学生一样，一陷入困境就老往坏处想。好了，我终于找到理由来忘掉心中的忧虑与恐惧了。

"没事了，"我大声地说，"证据摆在眼前：真的有坏事发生吗？"我强迫自己回答：不舒服的感觉，有；但有人待我不好吗？还说不上。

不过，我仍在考虑是否要告诉谢克利船长。他刚才不是叫我告诉他有哪些不便之处吗？我不是也答应了

吗?

经过深思熟虑,我决定不说一字。如果我把这种天方夜谭的事告诉船长,他一定会认为我是个麻烦可恶的小孩儿,这可是我最不希望的结局。

想到这儿,我的念头转向那场与他共享的愉快茶会。他给我的感觉和老查完全不同。

谢克利船长和老查!如此不同的两个男人!可是,一个念头忽然溜进我心中——他们两个人都在用自己的方式追求我。

追求我!我不禁为这个想法微微一笑。当然啰,并不是真正的追求。不过,他们确实都在追求我的友谊。

多么奇怪的念头!但我必须承认,我因此得意洋洋起来。我决定和双方都保持良好关系,反正没有什么损失,我告诉自己,这反而倒是最安全的一条路。我会是每个人的朋友,当然,不用说,我肯定会对船长偏心一些的。

早晨的探险终于告一段落,自从登上海鹰号以来,我第一次觉得这么愉快!

不过,我饿极了。毕竟,我几天都没有好好儿吃东西了。不论是老查的面包还是船长的饼干,都不是补充营养的食物。想到这儿,我的肚子就咕噜咕噜叫起来。我决定去找查大厨,请他张罗一顿像样的餐点。

在出发前,我还有一件事要做。当时此事看似旁枝末节,事后却证明是非常关键的。我拿起那把引发诸多

焦虑的匕首,由于没有剑鞘,我就用手帕包着它,收回口袋,决心把整包东西扔进海里。

不过,在那决定命运的时刻,我犹豫了一下,想起谢克利船长和老查都劝我留着它。如果他们哪个人碰巧又提到了呢?

此时我提醒自己,就在几分钟前,我是那么害怕。当时我的确需要它,至少我觉得我需要它来保护自己。

最后,我决定要讨船长与大厨的欢心。我把匕首(仍然包在手帕里)又放回它的藏身之处——我的床垫下面。如果当时你问我,我会认为它可以永远待在那儿被我置诸脑后。

唉,只可惜事实并不是这样。

第七章

海上生活

我决心忘记刚才发生的一切。接下来的七天,相比较而言过得还算平静。等到一周将近尾声时,我的腿已变得非常稳健,几乎感觉不出船上的摇晃起伏,如影随形的潮湿更不在话下。

这七天里,天气变好了,没有暴风雨来挡路。天气明亮晴朗,并且有股风稳稳地跟在船后,吹拂着我们的头发,这也为舵轮平添了一些光彩。每一道帆都鼓足了风,我们的脚步是越来越快了,至少谢克利船长是这样向我保证的。无知的我甚至站在船首雕像上方,期待看到陆地的踪影。然而,我看到的只有空旷、不变且无边无际的大海。天天都是一个样儿。

晨班将近尾声,钟还未响六下时,我就清醒了。基于根深蒂固的教养,每日清晨,我都会打扮成高雅的年轻淑女,向双亲请安。求学时换成了校长。如今在船上,我渴望取悦的对象顺理成章地变成了船长。不过我必须承认,上甲板前的准备工作实在不简单。每日第一项例行

公事就是寻觅跳蚤（通常都不会失望）。接下来我会花二十分钟梳头发（晚上再重复一遍）。最后，我仔细地分开发丝，让它服帖地披着，只要能让头发远离自然的(对我来说则是可怖的)狂野就行了。

然后我穿衣着裳。不幸的是，上过浆的衣服全变得软塌塌的，而且越来越脏。纽扣几乎没有一颗还在原来的位置。虽然我尽量不去碰触任何东西，乳白色的手套还是变成了石板灰色。

我变得多么肮脏啊，因此我打定主意，四件衣服当中要留下一件干净整洁的，以备抵达普洛维顿斯时上岸穿。确知我不会让家人蒙羞，真使我松了一大口气。

如果我想要洗衣服（我真的试过），就必须自己动手，这是过去的我从来无需做的事。除此之外，想在船上洗衣服，你必须先打一桶海水到甲板上来。幸运的是，船长很乐意命令属下帮我打水。

早餐在统舱供应，也就是船员餐厅那儿，负责人是老查。内容包括加水稀释的难喝的咖啡、硬面包以及一小撮糖蜜。不过，随着时光流逝，糖蜜也渐渐变馊。午餐如出一辙。晚餐是煮熟的咸肉、米饭、豆子，还有同样难喝的咖啡。水手的最爱——硬布丁，一周供应两次，做法是把面粉煮熟再加上葡萄干。

晚上我告退回舱房，把每日大小诸事记到日记上。然后，我会出去散步，观赏星星。夜空里的星星数也数不清！接着，就上床睡觉。

星期天是重要的，船上会举行一个小小的宗教仪式。船长好心地准许我给船员朗读《圣经》的篇章，之后他会发表演说，提醒船员对海鹰号与上帝应尽的义务。水手也只有在星期天才会刮胡子（连这点我都相当怀疑），偶尔也洗衣服。

我没工作可做，大多数时光都耗在闲荡上。我随心所欲地乱闯，从加油站晃到船首甲板，再从船员餐厅晃到掌舵的地方。虽然我努力不表露出来，但我确实是闲得发慌。

理所当然，我每日的重头戏就是和船长一同品茶。这段珍贵时光使我忆起自己熟知的世界。他总是津津有味地聆听，尤其是我对于船员的观察心得。他的专注令我受宠若惊，我因此尽可能搜寻一些可与他分享的信息，只是为了能在他面前噼里啪啦地讲出来而已。只可惜喝茶时间只有半个钟头，也就是一声钟响到另一声之间的空当。才一眨眼工夫，我就必须返回格格不入的船员世界。

刚开始，我的确小心翼翼地与船员保持距离，深信混得太熟是不恰当的。我表示友善的方法，只是选读一些能提升心灵的文章给他们听。可是，随着时光流逝，要想不建立某种程度的亲善关系实在很难。我也没办法，我的天性就是喜好交友。无论如何，我的结论是，我的所作所为都是听从船长的建议，其实应该说是嘱咐，那就是监视船上一切带有批评或恶意的言行举止。

虽然我想表示我和船员的层次是不同的，可是我与他们相处的时间却越来越多。说实话，我的问题永无止尽，总好奇地想知道这是什么，那是什么。他们也总会轮流为我这位天真但热忱的听众作答。

当然啦，还有他们的奇闻妙谈。我不知道是真是假，不过我也不在乎。比如，被困在太平洋环礁的遇难者的传说，天使与鬼魂奇迹般现身于船索的严肃描述，这些都能令我又兴奋又害怕。我分享着这些男人的语言、生活、梦想。但最重要的是，我与船员的交往提升了他们的品位，这点使我非常自豪。至于他们对我的影响——当时的我还懵然不知。

最初，船员的态度是冷淡怀疑的，慢慢地他们开始接纳我了，于是我便成了"船上的小弟"之类的人物，渐渐乐意(也有能力)替他们做些简单的差事了。

当然，海鹰号有些地方我是从不越雷池一步的。虽然我又去箱子那儿拿过几次东西，也没有再被吓到，但我始终没去探索更下层的货舱。巴罗的话，加上我亲身的经验，已足够阻止我的脚步。

另一个令我退避三舍的地方就是船员的舱房，桅杆前方的船首甲板地区。我很清楚，那儿不是我该去的地方。

不过，我慢慢地习惯了他们，他们也慢慢地习惯了我，我在甲板上跟他们"厮混"的次数越来越多了。有时，我甚至会试试自己的手气，爬上船索玩玩儿（自然是选

不太高也不太远的那道船索)。

你也许猜到了,我对老查抱有特殊的好感。他与我相处的时间最多,也是从一开始就对我伸出友谊之手的。身为黑人,他常被变成残酷笑话的最佳靶子,这使我的怜悯之情油然而生。不过,尽管船员老爱嘲笑他,但他仍深受大家喜爱,也是公认的好厨师。他对我的好感,确实帮助我在船员世界中赢得了一席之位。

老查是船员中最老的一个,他的生命除了航海之外,别无他物。年轻时,他是个普通水手。他还发誓说,当时的他只需二十分钟就能从甲板爬到主桅的最顶端!

可是,总而言之,言而总之,如同他满不在乎告诉我的一样,多年的劳累生涯耗损了他的体力,因此他非常感激能当个厨师,薪水还比一般水手高。他正在迅速老去,尽管他声称还没超过五十岁,可我认为他还要老得多呢。

他从不把薪水存下来。他的知识,就我所知只限于船只与大海。他不识字,会拼的也只有自己的名字。他对真正的基督教所知无几。事实上,他承认非常担心自己灵魂的处境,因此听我大声朗读《圣经》能使他安心许多(别的水手也是),他们深信其中蕴涵着真理。约拿的故事尤其深深吸引他们。

老查没再提过那把匕首,也不再说船长的坏话,我因此认为,他已经了解我无法容忍这种言谈,这使我们的谈话越来越轻松随便。他也是最鼓励我与船员交流的

人。

"陶小姐一直对我很好，"某个早晨他对我说，"可是如果她要四处游玩的话，她需要——基于庄重和安全的理由——比裙子更好的东西。"说着说着，他递给我一套帆布制成的长裤和上衣，活像船员身上穿的水手服的迷你版，那是他亲手缝制的。

尽管我宽宏地向他道谢，实际上，这份礼物对我不啻为一项警告，我已经忘记自己的身份了！我告诉他（语气恐怕有些强硬），我认为像我这样的女孩——淑女——实在非常不适合穿这种衣服。不过，我不想让他感觉受到轻视，还是把那套衣裤拿进了舱房。

我试穿过这套服装，发现真是舒服极了。但是，我猛然想起了自己的身份，赶忙脱下衣服。我下决心今后再也不会这样贬低自己了。

我的决心不止于此，我还决定坚守舱房，并花了两小时在空白笔记本上书写作文，主题是年轻少女的适当举止。

等到和谢克利船长共进下午茶时，我请他恩准我念几段刚才写的文章给他听。他听后赐予了无数赞美之词，使我享足了双重的快乐。因为，他的赞赏使我确信，我也博得了父亲的欢心——他们的性格人品实在非常相似。

船长成天都忙着一丝不苟地打理整艘船，他守在船尾甲板上，从船舵踱到栏杆，再从栏杆踱回船舵，随时警

戒着任何不当之处。他的眼睛如果不在帆上，就在绳上和桅上。如果不在那些地方，一定正盯着甲板看。

正如同他警告过我的，船员很容易就松懈下来。但，既然船归他管，而非他们，他就必须负起责任，耳提面命，小心监视，使船上的工作得以恢复秩序。

我以为不值一提的小事，他却可以从中挑出许多错失。从栏杆生锈到船帆瘫软、桅杆破旧、索具需要翻修、新焦油需要涂补，以至台木、辘轳、桅牵索……所有的一切永远需要重整。甲板必须用磨石洗刷，以麻絮填塞空隙，擦洗到焕然一新；船首得一遍又一遍抹拭；船首雕像必须重新粉刷。简单一句话，在他锐利的监视下，一切都是秩序井然的。为此，船员在每次值班时间里都会被传唤两次以上，我甚至在深夜都听得到传唤声。

事实上，船长对于本船的责任感是如此之强（"我父亲的公司"，他习惯这么提醒我），船员一旦值班就不可能偷闲，总是前后忙个不停。

"付钱请你们来，不是叫你们偷懒的。"船长时时把这句话挂在嘴边。他并且能以身作则，从不懈怠职守，即使在喝茶的时间，也是眼观六路、耳听八方（这点也跟我父亲一样）。他还耐心地考察我，譬如我的所见、所闻，甚至所想，并随时提出一针见血的智语诤言。

他对大副与二副的耐心就没这么好了。他的命令直接下达给他们两个人，就看当时轮班的是谁。这两个人——哈林先生与基奇先生行事及人品上的差异，简直可

比船长与他们之间的差距。

一蒙传召,基奇先生就会迅速奔至船长身旁,既紧张又惊惶,脸上充满了惧怕。只要是船长吼出的命令,他都卑微地领受,从不质疑半句。

大副哈林先生会慢吞吞地走近,似乎在剖析着船长的命令。他会抬起粗直的眉毛,好似要提出抗议,不过我从未真正听他说出违逆之言。事实上,船长只需再重复一遍,哈林先生就会遵命行事。

"叫杜罕先生再整理一下桅牵索。"他会这样说。或者会说:"叫佛力先生把前中桅帆弄好。"再或者会说:"叫摩根先生把主帆后下角的金属圈绑到右侧。"

水手们还没做完上一件事,就得开始下一件事。虽然在听命行事,但他们的表情阴郁,咒骂声也不断。

身为一名绅士,船长总假装没注意到。但不只一次,我看到他命令哈林先生(基奇先生的次数比较少)处罚水手,说他们懒散迟缓,但我根本察觉不出来。如果更严重一点儿,船长会直接用手掌掴打或推撞水手。更让我惊讶的是,我亲眼看过他用系索栓责打摩根——一个矮小壮硕、斜眼瞧人、猴模猴样的家伙。所谓的系索栓,就是固定船索与套索杆的沉重木钉。当时我惊骇万分,连忙将目光避开。船长说那家伙收帆收得太晚了,后来又发出一连串命令威胁:关在禁闭室、扣减薪水、鞭打、扔进冰冷的海中,甚至船底拉拖。据我所知,船底拉拖就是将人绑着,浸在海里,从船的一头拖到另一头。

"陶小姐，"我们每日例行饮茶时，他会说，"你自己看看他们。他们难道不是世上最脏最懒的狗吗？"

"是的，先生。"我温柔地答道。但心里却觉得越来越不自在，因为我嗅得出船员心中的愤恨在滋长着。

"我真是世上最容易发怒的基督徒了！"

"没这回事，先生。"

"告诉我，"他总是这样问，"你观察到了什么？"

我会善尽职责地报告一切所见所闻：对工作的懈怠，紧握的拳头，以及那些我不想听都不行的喃喃诅咒。

我讲完后，他总是会说同样的话："在我们到家前，陶小姐，我会负责让他们乖乖照我的话做，一个也别想逃。"

某天下午，风停了。接下来连续几天，海鹰号都困在海上动弹不得。对我来说，这一切完全是陌生的，不只徐风消失，热气上扬，连大海都像死亡般躺着。空气变得浓重，湿得几乎可以挤出水来，直沁入人的肺腑。跳蚤与蟑螂似乎从船上的每一个角落爬了出来。这艘船在自己恶臭的气息中渐渐溃烂，辗转呻吟，哀吼连连。

这些天来，船长五次命人放下小艇。哈林先生指挥一艘，基奇先生指挥一艘，两艘小艇用绳索拖着海鹰号，寻觅风的踪影。可是一点儿用都没有，根本寻不到风。

接着，船长猛然接受了本船无风的命运，他给的工作更加繁重了，好似现在的无风状态是他事先安排好的，以便有机会把海鹰号整理得焕然一新。"善用逆境是

最甜蜜的。"他教导我。

船员的抱怨声越来越大。诅咒也变得越来越阴暗。

我把这一切报告给船长,他皱着眉摇了摇头说:"水手逃避工作的天分简直令人叹为观止。"

"他们很累了。"我低语着。然后我迟疑、隐约地指出,那些人已经疲累不堪了,亟须休息。

"陶小姐,"他突然发出一阵刺耳的笑声,同时还招呼我吃第二块甜饼干,"我向你保证,我们撞上暴风雨时,他们的眼睛绝对是睁开的。"

他的话是多么正确。不过,第一场暴风雨,却是人为的。

第八章

惊现圆形陈情书

我们在平滑光粲的海面上又漂浮了三天。我看得出,这种全然的无助状态几乎要逼疯谢克利船长了。即使阳光日渐炽烈,他还是不断派小艇出去,拖着海鹰号四处寻觅风的踪迹,每次一找就是两个小时。但他找到的只是更多的埋怨。

然后,事情终于发生了。

那是航海的第十八天,午后偏晚,第一轮薄暮班,我和尤恩一起待在船首甲板。尤恩是个金发的苏格兰小伙子(我觉得还蛮帅的),手臂上刻着一道吓人的美人鱼刺青。这道刺青与他老爱提起的亚伯丁郡甜心,都深深地打动了我的心。我甚至幻想他的甜心就是一条美人鱼。

当时他叉着腿坐着,已筋疲力尽。早上,船长命令他爬到桅杆最高处,花一整天替支索上新焦油。烈日炎炎,焦油黏手。此时,一件老旧的帆布上衣披盖在他的膝上,他正试着用颤抖的手指捏紧针锥,缝补衣服。

他一边缝着,我一边念书给他听,那是我深爱的一

本书,《瞎眼的芭芭拉安:安贫守分的故事》。他专心聆听着,直到手上的针一断为二。

他咒骂一声,随即向我道歉,说不该在我面前骂粗话,并抛掉手上的断针,四下搜寻新针,可是没找到。他喃喃地说要去船首舱房自己的箱子那儿拿一根,并作势起身。

我知道他有多累,就问道:"我帮你拿好吗?"

"这真是一大恩惠,陶小姐。"他回答,"我的腿今天僵得可以。"

"我该去哪儿找?"我问。

"我的吊床下方,就放在箱子的最上面。"他说,"船首的房间那儿。"

我一心一意只想为他尽点儿力,于是不假思索,连忙转身就走。我奔到船首舱房的入口,忽然停了下来。船首舱房是少数我没去过的地方之一,那是水手在海鹰号上唯一的私人天地,连谢克利船长都没跨过雷池一步。没人说我不能去,但我知道自己可能是不受欢迎的。

考虑到这点,我奔向加油站,希望能找到老查,我可以请他帮我拿针。可是,加油站空无一人。

由于不想让尤恩失望,我决定自己去拿针。我怯怯地走向船首舱房的门。就在此时,我听到里面传来模糊的声音。说实话,正因为那些声音是那么微弱不清,我才会竖起了耳朵专心听。我听到的是:

"……我说让我来发号施令,别的人做不了。"

"最好快点儿。谢克利压我们压得太紧了。"

"有多少人签名了?"

"七个签了名。还有其他人考虑要签。"

"强森是怎么回事?"

"不太对劲。他没什么胆子。"

"这样不行。他必须跟我们站在同一条战线上,否则没别的法子商量。还有,我不喜欢那个女孩,老是探头探脑的。"

"她在船上不是任何人的错。你自己想想——我们已经把别的乘客弄下船了。"

我听着这段对话(起码有四种不同的声音),但却无法了解全意,我是后来才懂的。当时的我反而觉得困窘万分,因为我等于是在一个不属于我的地方偷听,这可不是淑女应有的行为。但我却是他们谈话的主题,至少是部分的主题。

肩负的使命还是得完成。我想起了要履行自己的诺言,便敲了敲门。

寂静突然降临。

然后,有人发问:"谁啊?"

"我是陶雪洛,您好。"

又是一阵静默。"你要干吗?"一声质问。

"给尤恩先生帮忙,"我回答,"他请我拿根针。"

"知道了,等一会儿。"一阵低语与咒骂之后有人说。

我听到窸窸窣窣的声音,有人在移动。接着,门被用

力推开，费斯站了出来。他是个体型高大的男人，下巴尖细突出，拳头总是握得死紧，好像随时准备与人干架一样。"你说什么？"他质问道。

"尤恩先生想从他的箱子里拿根针。"我谦卑地说道。

"跟我来。"他眼中露出愤怒的目光，挥手示意我跟上。

我走进去，四下环顾一番，发现唯一的光源来自敞开的门，但已足够让我看清低矮的天花板上挂满了肮脏的衣服。汗水与污垢的浓厚臭气包围着我。廉价图画——某些简直可耻得不像话——东一张、西一张贴在墙上。杯子、鞋子、系索栓七零八落堆在一块儿。地板中央放了一只大皮箱，上面摆着一面粗糙的西洋棋盘，一张纸盖在上面，半掩着棋盘。沿着墙悬着一张张吊床，不过位置摆得太低，我无法看清躺着的人的脸。我能看到的只有三个男人的手臂与双腿。他们似乎在沉睡，但我知道那是假装的。我听到的声音可不止一个。

"尤恩先生的箱子在这儿。"费斯拇指撇向一个角落说。他笨拙地挨近自己的吊床，翻身坐上，虽然一言不发，却一直怀疑地盯着我瞧。

那只小木头箱子塞在一张空吊床下。

我紧张地弯下身，转向费斯片刻，想确定那只箱子就是尤恩的。

他闷哼一声，表示没错。

我转回身，拉近那只小箱子，揭开箱盖。首先映入我眼帘的是把手枪。

那幅景象实在太吓人了，我除了瞪着它，什么都做不了。我心中只有一个念头：谢克利船长跟我说过——他向我夸口——船上放火器的地方只有他的保险柜而已。

我移开双眼，看见一块插着几根针的软木塞。我拔出一根，迅速盖上箱子，暗中祈祷没人发现我看见了什么。我站起身，准备离开。

费斯严厉地盯着我。我强迫自己迎向他的视线，期盼没泄漏出一丁点儿感觉。然后我迈开步子，但走得太急，竟撞到那只摆在中间的大箱子。那张纸轻轻飘到地板上，我满怀歉意，连忙弯腰去捡，匆匆一瞥间，却看到纸上绘有两个圆圈儿，小圆在大圆内，线与线之间似乎还填有不少名字与符号。

我一看就知道那是什么了——圆形陈情书。

我笨拙地推开那张纸，嗫嚅地说了一声"谢谢"，转身就逃。

我一边发抖，一边离开船首舱房。更糟糕的是，我遇到的第一个人就是二副基奇先生，他正走向加油站。我猛然停住，脸上无疑充满了罪恶感。幸好，他没有太注意我，除了他一贯紧张的皱眉外，什么都没有。他继续向前走去。可是，即使他已不见人影，我还是站在原地，搞不清楚该做什么，该想什么。我下意识地交叉握紧双手，那

根针陷进了我的掌心。

即使在这种危急时刻,我还是忠诚地履行自己的职责。我跑到尤恩身边,把针递给他。

"小姐,"他一边接过针,一边观察着我的脸说,"你生病了吗?"

"没有,谢谢你的关心。"我试着回避他的眼神轻声道,"我很好。"

我火速逃回自己的舱房,把门紧紧关上。确定只有我一个人之后,我爬上床,躺好,开始全心思考自己该怎么办。

你懂吗?我十分清楚自己看到了什么。有一把手枪,还有一张圆形陈情书。基于谢克利船长的警告,再加上老查不断提醒我的"可能性",我知道我的发现意味着什么,简直毋庸置疑。船员正在策划一场叛变。

我镇静了些,开始回想当时在船首舱房的有谁。首先是费斯,他是基奇先生那班的人,所以,跟他在一起的应该是同一班的人,这个推论是合理的。

我知道,那一班有四个人:尤恩、摩根、佛力,当然还包括费斯自己。

可是,当我检视这些名字时,心中的疑惑随之而生。事情不太对劲,接着我晓得问题出在哪里了。我看见了费斯,船首舱房的门是他开的。尤恩在船首甲板上。可是我进去时,有三个人正睡在吊床上。也就是说,我看到五个人在休息。假设吊床上真的躺着那一班的人,那第五

个人是谁?会不会是基奇先生自己?不可能,我离开船首甲板时刚好看到他。也不可能是正在值班的人。船长绝不会容忍这种事。那么,第五个人究竟是谁?

我开始怀疑自己是不是搞错了数目,我提醒自己,塞满衣物的吊床看起来也许和睡了人差不多。

可是,我考虑得越久(想着吊床的重量,以及晃动的手臂与双腿),越坚信自己确确实实看到了四个人。

突然间,就像被风吹打的船帆蓦然裂开,我想起那晚等着上海鹰号时看到的模糊景象:一个人攀着绳索爬上船。老天!偷渡客!

不过,这家伙能藏到哪里去呢?

此刻我突然想到了那张脸——我去第一货舱拿衣物时,那张吓坏了我的脸。那是一张我不认识的脸。老实说,就是因为认不出来,我才坚信一切是自己无中生有。我现在懂了,我一定是看到了偷渡客!难怪我认不出他来!他一直藏在下层货舱,所以巴罗才会说那儿的坏话,所以那尊诡笑的雕像才会出现。那个人希望把我吓得不敢到那儿去!

结论出来了,然后呢?我问自己,我该拿这件事怎么办?这一问我就知道答案了:谢克利船长,我的忠诚是献给他的,规范这样说,习惯这样说,法律也这样说。我必须向他坦陈一切。说真的,除了其他因素以外,现在的我正被罪恶感和恐惧侵蚀着,因为我没有告诉他发生在第一货舱的事。此时,我的思路完全明朗了,我知道我不该

浪费时间,我必须马上找到谢克利船长。

推想现在的时间(第二轮薄暮班敲了三声钟),我知道船长最可能出现的地方是舵轮旁。

我紧张兮兮地摸出舱房,走上甲板找他。我看到的第一个人是佛力,他靠在右舷的栏杆上。他是一个手脚修长、肌肉结实的瘦高家伙,胡子散乱,长发披肩。他是基奇先生那班的人,现在没有值班,因此,刚才我到船首舱房时,他应该就躺在吊床上。我说"应该",是因为我没有瞧见他的脸,之所以说他在那儿只是我的推测。

可如今他就在这里,在甲板上。我一动不动,哑口无言地瞪着他,他也在瞪着我。问都不用问,我想,他是来监视我的。

很长一段时间,我们就这样对视着。我在他脸上看不到任何表情,不过,接下来他做的事,足以使我确定他真正的意图何在。他举起一只手,伸直匕首似的食指,划过自己的脖子,好似斩首一样。

恐怖刺穿我的心。他在用最残酷的方式警告我,如果我敢对船长吐露一个字,我的下场就是如此。

好一段时间,我定在原地,动弹不得。然后,我转身靠在舷窗的栏杆上,眺望大海,试图平复自己的呼吸。

等到我成功地抑制住了紧张的情绪,才小心翼翼地回头。佛力已经走了,不过他的目的也达到了。我心中的畏惧比起刚上海鹰号时,足足增长了两倍。

我惊惶地张望,找寻其他监视我的人。没错,现在轮

到摩根站在船首甲板上了。他正忙着缠接绳索,至少他看起来像是。我一看他,他就抬起头,眼中坦白的侦察意味当场把我冻在原地。然后,他迅速移开视线。他也在监视我。

我退回自己的舱房,锁上门。这一连串警告的意图显而易见,但却适得其反。我害怕极了,反而认定此刻能帮助我的,唯有谢克利船长一人。但我实在怕得不敢上甲板找他,因此决定候在他房里,等他回来,我确信船员不敢追到那儿去。

我小心翼翼地,再次打开门,伸出头张望。当我发现附近没人,真是松了一大口气。我连忙冲到船长舱房门口。基于礼貌的习惯,我还是敲了敲门。

"进来。"我听到一声呼唤,无法以笔墨形容的快乐溢满我的心。

我用力地把门推开。谢克利船长正在审查一些图表,哈林先生立在一旁。

船长转过头。"陶小姐,"他有礼地说道,"有我可以为你效劳的地方吗?"

"拜托你,先生,"我觉得呼吸困难,"我想跟你私下说几句话。"

他看着我,面露询问之色,过去我从未在他跟前流露出过慌乱。"很重要吗?"他问。

"我深觉如此,先生……"

"也许可以等到……"我脸上的焦虑显然让他改变

了主意,"进来吧,请把门关上。"他忽然变得全神贯注。

哈林先生作势要走,船长阻止他。"你不希望哈林先生待着吗?"他问。

"我不知道,先生。"

"那好,他就留下来吧。他是我最信赖的人。好了,陶小姐,站近些,告诉我你在烦恼些什么。"

我点头,却只能跟刚离水的鱼儿一样,大口喘着粗气。

"陶小姐,如果你有重要的事要说,就请说吧。"

我抬起双眼,船长在仔细观察着我。我忽然想到,有一次我最爱的弟弟打破了一只珍贵的花瓶,基于强大的责任感,我还是向父亲告了密,尽管我确知父亲会有多生气。

"我帮尤恩先生拿了根针。"我脱口而出。

"一根针。"他有些泄气,然后问,"你去哪里拿的?"

"船首舱房。"

"船首舱房?"他试探着说,"你有造访那个地方的习惯吗,陶小姐?"

"从来没有,先生。"

"你到那儿去,发生了什么事?"

"我看到……我看到一把手枪。"

"真的?"

我点头。

"确切的位置呢?"

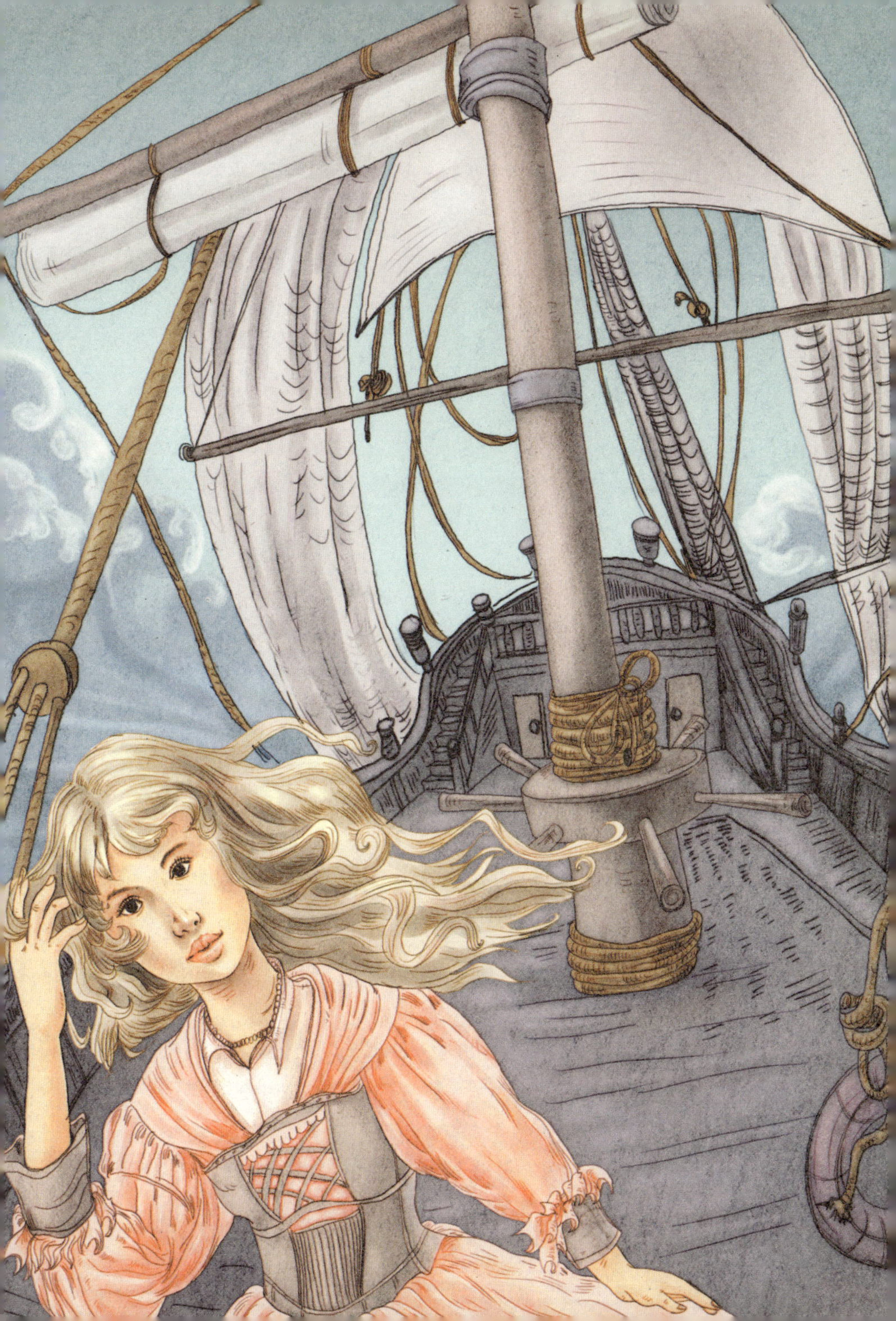

我来回看着他们：哈林先生向来红润的脸变得跟湿盐一样苍白，船长的脸却因兴奋涨得通红。

"我该说吗，先生？"

"你当然该说，陶小姐。你在哪里看到那把枪的？"

"在……尤恩先生的……箱子里，先生。"

"尤恩先生的箱子里。"船长重复一遍，并和大副交换个眼神，好像在确定什么。然后船长转向我，"还有别的事吗？"

我咬紧嘴唇。

"还有别的事，对不对？"他说。

"是的，先生。"

"说出来！"

"我看到……"我说不出口。

"看到什么，陶小姐？"

"圆……圆形陈情书。"

现在轮到船长喘粗气了。"圆形陈情书！"他高叫，"你确定？"

"就跟你拿给我看的一模一样，先生。我非常确定。"

"描述一下。"

我照办了。

"上面填了一些名字，对不对？"

"对，还有符号，先生。"

"多少个？"

"我不确定，大概有五个，也许是六个。"

"六个?!"船长眼神刺向哈林先生,大喊,"真是稀奇啊,竟然不是九个!你看到的是哪些名字?"

"我没看到,先生。"

"我希望能相信你。"他尖厉地说。

"这是真的!"我大叫。为了证明自己的诚实无私,我迅速向他描述了发生在第一货舱的事,并提出自己的判断说船上藏有偷渡客。等我讲完,他全身燃烧着愤怒的火焰。

"真见鬼!为什么你没跟我讲过这件事?"他质问。

"我不信任自己的感觉,先生。"

"我做了那么多……"他没说完这句话就低声咆哮起来,"管他的。"然后他一言不发,转身不再理我,跨步走向前,留下我和哈林先生一直盯着他看。

"哈林先生。"最后他说。

"长官……"

第九章

平 叛

谢克利船长大步穿过房间,从墙上移走他女儿的肖像画。紧贴在画背面的是一把钥匙。他用它打开放枪的保险柜,一眨眼间,他与哈林先生已经跃到门口,整装就绪。船长手拿两支毛瑟枪,皮带上还塞了两把手枪。哈林先生的装备大致相似。

我的话竟然引起这么强烈的反应,我吓坏了,呆立不动。但船长可不允许。

"陶小姐,你必须跟我们走。"

"可是……"

"照我的话做!"他怒吼,"没时间耽搁了!"他把一支毛瑟枪扔给哈林先生,哈林先生竟然准确无误地接住了。船长抓住我的手臂,扭着我就走。

我们沿着统舱跑,进入中部甲板,继而迅速登上船尾甲板。到了那儿,船长才放开我。他抓住钟槌,疯狂地敲着,好像在报火警,一边敲还一边嚷道:"全体集合!全体集合!"

敲完,他手向哈林先生一伸,哈林先生立刻把那支毛瑟枪还给他。

我四处张望,不知道接下来会发生什么事,可是我真的担心有性命之危。

我发现整艘船似乎空无人影。不论是空中或甲板,连半个水手也见不着。船帆空悬着,像是一面死亡的旗帜;舵轮无人看管;索具吱吱抖动,透露着一股置身事外的怪诞。海鹰号在漂流中。

首先从下方出现的是基奇先生。钟响没过几秒,他就从下面冲上来,瞥了一眼全副武装的船长和哈林先生,猛然停步,然后转身,似乎期待看到别人。他是单独一人来的。

"基奇先生!"船长向他喝道,"你还呆站在那儿干吗?"

二副转向船长,脸上满是惊惶与困惑。可是,他还没来得及以行动或言语回答船长,其余船员就从船首甲板下方冒出来了,伴随着他们的是狂野骇人的嘶吼声。

船员首次出场的逼人气势,几可称为一出诡异的喜剧,因为他们九人简直像一群叫花子似的。出海那天我初见他们,只觉得他们怪肮脏的。如今看来他们真是一贫如洗,衣服破烂污秽,胡子也没刮,神情被恐惧和愤怒所扭曲。九人中除了老查外,其他人都带着武器。有的人携带手枪,有的人持刀。杜罕拿的是一把古老的弯刀,巴罗拿的是小刀。

他们一冲上来就发现船长站在船尾甲板,手上一支毛瑟枪正对准了他们,另一支则搁在栏杆上,随时拿得到手。他们冻结在原地不动。

倘若他们一拥而上,也许可以把我们三人擒下。可是,谢克利船长加上毛瑟枪,成功地唬住了他们。

突然间,我发现站在我们下方的第十个人。他的肌肉结实,个子矮壮,颈中环了一条红手帕,手上握着一把刀。我惊惶地望着他,赫然发现他只有一只手臂。

我想起老查告诉过我的故事,有位水手被船长重重责罚,他的手臂被打得只能截肢了。我发现站在我们面前的就是卡拉尼!我在第一货舱看到的就是他的脸!那位偷渡客!

我喘着大气。

谢克利船长迅速走到栏杆前开始发言。

"噢,是卡拉尼先生啊!"他用毛瑟枪指着那人壮硕的胸膛大声说道,"我还在想你到哪里去了呢!结果,不是我期待中的地狱,而是这儿。我真荣幸,"他语带浓重的讽刺,"竟然成为最后一个欢迎你上海鹰号的人。"

那人拖着脚向前,显然他是船员的领袖。"谢克利先生,"他尖锐地表明他不愿谦卑地吐出"船长"二字,"我说过我们会向你报复,记得吗?"

"我记得你一贯爱吹牛瞎掰,卡拉尼先生,假如你说的是这个的话。"船长回答,"不过我一点儿也不在乎,当时如此,现在更是如此。"

听到这里,卡拉尼举起仅剩的一只手臂,但仍设法把刀握住。他粗鲁地拿出一张塞在裤腰里的纸,高举起它。

"谢克利先生,"他声音充满嘲弄地唤道,"我们这儿的圆形陈情书,宣告你不适合出任海鹰号的船长。"

他身后传来一阵赞同的耳语声。

"那你打算怎么做呢,卡拉尼先生?"船长回嘴,"我想,即使你无知得跟条杂种狗没两样,好歹你也应该晓得,海盗横行的年月早就过去了。是不是,你还打算重新使用铁链吊死人的私刑,或者把人摆到腐烂,好叫乌鸦啄食他生了蛆的双眼?"

"我们不是海盗,谢克利先生。"卡拉尼猛摇头,"我们只要正义。我们在陆上得不到正义,只得到海上来获取。"

"正义?你还真敢说!谁准许的?"船长高声质问。

"我们每一个人!我们准许的。"卡拉尼身子半转向站在他后面的人大叫。那些人低语并点头表示赞同。

"你们所谓的正义是哪一种呢?"船长问,"不怎么合法吧!我敢说。"

"我们要求你站在大伙儿跟前,接受伙伴的审判。"卡拉尼回答。

"审判!伙伴!"船长嘲笑着叫嚷,"我只看到一群无法无天之徒,全是海上的残渣浮垢!"

"那么,就算我们自称是你的伙伴。"卡拉尼叫道。说

着他抛下那张纸,向前再跨一步。"你可以选择任何人替你辩护,"他继续说,"如果你喜欢,那女孩也可以啊。看来她是你的耳目,就让她再当你的嘴巴好了。"

就在此时此刻,谢克利船长开火了,子弹直接穿过卡拉尼的胸膛。他痛苦地叫了一声,全身剧烈抖动起来,刀从他手中滑落,然后他跌跌撞撞倒向后面的人群。人们吓呆了,全向后跳了一步,没人能接住他。砰的一声,卡拉尼倒在甲板上。他开始呻吟,痛苦地翻来滚去,血从他的胸膛和嘴巴里喷出,形成一摊摊可怕的血泊。

我尖叫起来,哈林先生呻吟着,船员都陷入了恐惧之中,退得更远了。谢克利船长迅速丢下空膛的毛瑟枪,拾起第二支,朝他们中间瞄准。

"下一个是谁?!"他向他们吼道。

他们纷纷抬起惊恐的双眼。

"让卡拉尼躺在那儿!"船长继续叫道,"谁敢往前走半步,下场跟他一样!"

船员们慢慢地往后又退了几步。

"丢下手枪和刀子。"船长吼道,"动作要快!谁不照着做,我就朝谁开枪!"

手枪及刀剑叮叮当当地被抛在地上。

"哈林先生!收好它们!"

大副快步奔下台阶,一边偷眼往上望,一边收集武器。显然,他害怕船长远超过害怕那群船员。

"还有他们的圆形陈情书!"船长向他叫道。

我吓得说不出话来，只能呆望着，内心痛苦不堪。

卡拉尼不再动了，他唯一的生命迹象就是浮现在嘴角边的小小的粉红色血泡。

此时，我看到老查静悄悄地走向死者。他的手搁在身前，高度齐腰，掌心朝上，似乎想证明他没有携带武器。他的眼珠子盯着船长。

"别管他，查先生。"船长喝道，"他是个偷渡客，他没权利接受任何照料。"

老人停住步。"身为人类，"在一片混乱中，他的声音异常平静，"他有权利接受我们的怜悯。"

船长提起毛瑟枪。"免谈。"他坚定地说。

老查看着他，然后望向卡拉尼。也许是我的想象，但我觉得他也看了我一眼。不管怎样，他继续缓慢小心地走向死者。

我害怕但专注地瞧着，确信愤怒的船长会开枪射击。我看见他按在扳机上的手指紧了一紧，然后……他松开了。

老查在卡拉尼身边蹲下，把手放到他的手腕上。"卡拉尼先生没气了。"他宣布。

这句话之后是漫长的沉默，只听见船帆轻快地拍打，铁链低沉地擦撞。

"把他扔下去。"最后，船长说道。

没人动弹。

"查先生，"船长不耐烦地重复，"把他扔下去。"

老查再次伸出空无一物的手。"请求船长再考虑一下,"他说,"就算他是一个罪人,也该享有基督徒的仪式吧。"

"哈林先生!"船长吼叫。

大副正在拆卸船员手枪中的子弹,他返回船尾甲板。"长官?"他问。

"我说,把这只狗的尸体扔下去。"

"可不可以先让查先生念几句……"

"哈林先生,听命行事!"

大副的眼睛从船长移向船员。"是,是,先生。"他轻柔地说道。然后,好像身上压了千斤重量似的慢慢地走上甲板,用一只手抓住死者,把他拖到栏杆边。尸体拖过的地方留下一道血痕。

"查先生!"船长的声音响亮如雷,"把门打开。"

老查注视着船长,缓缓摇着头。

好一阵子,两人就这样对视着。然后船长转向我。

"陶小姐,把门打开!"

我不敢置信,惊讶地瞪着他。

"陶小姐!"他狂狮般怒吼起来。

"先生……"我结结巴巴地说。

"打开门!"

"我……没办法……"

船长突然抽身走下台阶,一把手枪还紧握在手中。他走到栏杆边,用胳膊压住枪,迅速打开闸门,让它张开

嘴巴空临大海。

船长向卡拉尼的尸体啐了一口。"扔下去!"他坚持。

大副把尸体拖向打开的闸门。哗啦一声,我整个胃都翻了起来。我看见某些水手脸上的肌肉乍然绷紧。

船长再度发言。"卡拉尼先生不是这艘船的人,"他说,"他的来去跟我们没有半点儿关系,连航海日志都不会记上一笔。

"除此之外,你们还应该知道自己是多么可悲的一群狗。光靠这一个女孩,"他向我点点头,"就足以识破你们。"

众多郁闷的眼睛转向我。我无地自容,转过头,强忍住欲滴的泪水。

"接下来,"船长继续说,"我只要求你们其中一人站出来——譬如副首领,如果有的话——领受应得的惩罚。然后,大家就跟从前一样继续跑船。谁要站出来?"

没人说话。船长转向我问:"陶小姐,本船的淑女,我把这项特权赐予你。你想挑选哪一个人?"

我惊骇地瞪着他。

"没错,就是你!既然是你揭开了这桩可鄙的阴谋,我就赐予你画下句点的权力。你想选谁来杀鸡儆猴呢?"

我只能一味摇着头。

"选吧,选吧,别害羞,你一定有特别中意的对象。"

"拜托,先生。"我低语。我向下注视着那群船员;他们现在活像受伤的野兽。

The True Confessions of Charlotte Doyle

"我不希望……"

"如果你不忍心,就让我选吧。"

"谢克利船长……"我试着恳求。

他一边看着那群人,一边暗自盘算着。然后他说:"查先生,站出来。"

第十章

船长的真面目

老查还没站出去,他周围的人就全退开了。他孤立在那儿,像是被抛弃在太平洋孤岛的难民。尽管眼皮连抬都没抬,他似乎也很清楚自己被遗弃了。他本来就是个满脸皱纹的小个子,如今看上去缩得更小了。

"查先生,"船长说,"你有话想说吗?"

老查保持着沉默。

"你最好为自己说几句话。"船长讽刺地说,"我不认为你的朋友会出言替你辩白,他们全是胆小鬼。"他停顿片刻,似乎在等人出言反驳。可是没人说话,他只好点点头继续说:"不谈你的船员伙伴了,查先生。也不谈你们的圆形陈情书了。现在,先生,我再问你一次,你自己有话想说吗?"

老查定睛望着前方,然后视线慢慢移动着。我很确定他现在正直视着我。

我试着闪躲,但动不了,反而呆呆望着他,眼里噙满了泪水。

老查开始说话。"我……我当……水手已经超过四十年了,"他说得非常慢,"有的……船长严些,有的船长松些。但是你,先生,你是……你是最差劲的。"

"不,我并不后悔反抗你。"他迟疑了一下,然后缓慢地说下去,"我只恨自己没有早点儿行动。我原谅那女孩,是你利用了她,她什么都不知道。我也原谅我的伙伴,他们很清楚,落入谢克利船长手中……连……上帝都难救。"

"好动人的演说,"船长鄙夷地说,"真是我听过的最有力的一篇告白了。下次哪个家伙还想讲,务必牢牢记住。不过我倒不认为有谁敢。"他轻蔑地望着其他船员,问:"你们之中有哪个家伙认同这黑人的诽谤?"

没人说话。

"来啊!"他嘲弄着,存心激怒他们,"谁的胆子大到敢说谢克利船长是他侍奉过的最差劲的主子?大声说出来!谁承认,我就给谁双倍的薪水!"

尽管他们眼中愤怒的火焰显而易见,但没人敢冒出声。船长吓唬住他们了。

"很好,"他说,"哈林先生,把查先生吊起来。"

大副犹豫不决。

"哈林先生!"

"是,是,先生。"那男人嗫嚅着。他拖着脚走向老查,然后却站在老人面前不动了,似乎在鼓起勇气。终于,他动手了。老查向后退,但一点儿用也没有。大副抓住他的

手臂,硬扯着倒退着的老查爬上阶梯。

我看着,只知道某件可怕的事要发生了。此时哈林先生把老查压在外围栏杆上,扯掉他的上衣。老人赤裸的胸膛袒露着,皱纹遍布,像只破烂的粗麻布袋。

然后哈林先生把老查的身子扳过来,逼他面抵着桅牵索,再爬上桅牵索,用一小条绳索绑住老查的双手。然后他一拉,老人全身便高吊空中,单靠赤裸的脚趾尖支撑着自己。

老查一声不吭。

我转身望向谢克利船长,这才发现他手上握着一条鞭子,末端四缕绳索抽动着,活像猫发脾气时的尾巴。他从哪里拿来的,我完全不知道。

我觉得快生病了,举步想离开甲板。

"陶小姐!"船长高喊,"你得留下来。"

我的脚步冻结住。

"你必须充当证人。"他告诉我。

此时,船长把鞭子递向大副。"哈林先生,"他说,"他得挨五十下鞭子。"

哈林先生再度犹豫,眉头疑惑地皱起。"船长,"他说,"五十下似乎……"

"五十下,"船长坚持,"开始!"

哈林先生紧握住鞭子。他慢慢在老查身后摆好姿势,我可以看到他紧张地抖动着手腕,太阳穴也是急速跳动。

"快一点儿！"船长命令。

哈林先生抬起手臂，瞄准方向，但又停住了。他深吸一口气，然后，只见他手腕轻动了一下，鞭子就挥出去了。鞭尾刷地划过空中，命中老查的背。鞭子一接触到老人的皮肤，四条红痕立刻浮现出来。

我觉得自己要晕过去了。

"使点儿力气，哈林先生。"船长督促，"再使点儿力气！"

哈林先生举高手臂，手腕再度扭动。鞭子挥下，老查的身体猛然一扭，四条崭新的红痕盖在旧的鞭痕上头。

"谢克利船长！"我忽然大叫起来。跟别人一样，我十分讶异自己会做出这种事。

船长吓了一跳，转身望向我。

"求求你，先生，"我哀求道，"你不能这样做。"

好一段时间，船长什么话都不说。他的脸变得苍白。"我为什么不能？"他问。

"这……这不……公平。"我结结巴巴地说。

"公平？"他声音满是鄙夷地重复，"公平？这群人想谋害我，毫无疑问也包括你，陶小姐，你竟然还敢跟我说公平？如果说你想要公平的话，我可以引出海事法规的章节行数，告诉你射杀贱狗才是显扬公平之道！"

"拜托你，先生，"我说，泪水滑下双颊，"我根本不该告诉你的。我相信查先生没有伤人之心，我相信他没有。"

"没有伤人之心,陶小姐?"船长举高那张圆形陈情书,"学校没教过的逻辑,你想必能从'这个'中学到许多吧。"

"可是我不知道……"

"你当然知道!"船长发脾气了,他提高声音,想让每个人都听得明白,"你又惊又怕地奔向我,告诉我你看到的事。你的所作所为完全正确。我们现在做的也是完全正确。适当的秩序必须维持下去。"

他迅速转身。"哈林先生,你只给了他两鞭子而已。如果你的效率无法提高,最好滚到一边凉快去,让有胆子的人接手。"

哈林叹了口气,但仍用尽力气,又挥出一鞭。老查的脚趾尖已无法支撑体重了,他只是悬在那儿。

鞭声再次响起。这次,老人发出了呻吟声。

我再也受不了了,泪水和罪恶感淹没了我。我冲向哈林先生。他没料到会遭受攻击,身体失去了重心,跌在甲板上。我也随他一块儿倒在地上。

在混战中,我抢过鞭子的握柄,跳起身,打算把它扔到海里。

可是谢克利船长的动作太快了。他发出一声怒吼,没两下就抓住了我。我疯狂地挣脱他,面向他站好,喘息、啜泣,并紧紧握住鞭柄。"你不该这样!"我不停地说,"你不该!"

"给我!"船长再次逼近我,脸上燃烧着愤怒之火,

"给我!"他大叫。

"你不该,"我一直重复,"你不该!"

他又向我跨出一步,我被挤在外围栏杆上。为了保护自己,我抬高手臂,鞭子随之轻划过天际,一道伤痕降落在船长脸上。

一眨眼间,红痕自他的左颊蔓延到右耳,鲜血缓缓渗出。

我站着不动,完全被自己的杰作给吓倒了。

船长也保持不动,他的脸被惊讶和刺痛所扭曲。他慢慢伸出手,轻柔地抚摸自己的脸颊,然后凝视着手指尖。当他发现手指沾了血,就野蛮地咒骂一声,跳向前,从我手中夺走鞭子,快步回身,开始痛打老查。他的愤怒是我平生仅见的。最后,筋疲力尽的他甩下鞭子,昂首大步离开甲板。

哈林先生的脸苍白无比,他深吸一口气,低声说:"所有人员回归原位。"他又叹了一口气,弯腰理好那批枪支及其他武器,跟随船长走了出去。

片刻间,没有人动,也没人说话。也许他们都没听到大副的声音吧。费斯首先打破了沉默。"放他下来!"我听他叫道。

尤恩火速爬上桅牵索。没多久,伤痕累累、血迹斑斑的老查就落到甲板上了。

基奇先生跪在受伤的老查旁边,其他的人围成一个紧密的圆圈,骇人的沉默笼罩着他们。我根本看不到里

面的动静,就这样一个人在旁边站着,浑身颤抖不已,试着分析自己的所见所为。

不一会儿工夫,我感觉自己的胃反得越来越严重了。最后,我紧抱着肚子,对着大海呕吐起来。

颤抖且疲弱的我流着泪,回头望向那群水手。只见他们已抬起老查,一行人正走向船首舱房。

甲板上只剩下我一个人。

第十一章

老查的葬礼

我倒在床上,万分悲痛地啜泣着。我为老查而哭,为卡拉尼而哭,甚至为谢克利船长而哭。不过,首先我是为自己而哭。事实是无法否认的:我目击到的恐怖景象完全是因我而起。

随着那骇人的情景在我心中反复重演,我意识到船长的所作所为罪不可赦。谢克利船长,我的朋友,我的守护神,我父亲的员工,他的残酷简直难以用笔墨形容。他不只杀了卡拉尼(至少我知道他当时饱受此人威胁),他显然还打算杀掉老查,原因无他,只因他是那么无助!他选他出来,是因为他是最老且最弱的一员。或者,因为他是黑人?或者……我突然问自己,因为他是我的朋友?

一想到这些就使我全身剧烈颤抖,悔恨的泪水也越涌越多。

足足一个钟头,我始终沉浸在啜泣中。除了试着去忘掉这可怕的事件外,我也绝望地想着以后该怎么办?我明白,船员对我这个背叛者除了憎恶,铁定还是憎恶。

他们是对的。他们仁慈地接纳了我,我却以背叛相报。

谢克利船长呢?虽然非我本意,可我的确是用鞭子在他脸上划了一道。我真的不是故意的,可他能原谅我吗?他会原谅我吗?

不论怎么说,我受的教育使我深信,一旦犯了错(我耐心十足的父亲时常发现我的过失啊),我有责任(我自个儿的责任)承认错误,试图补救。

逐渐地,我开始相信,不论多么难堪,我都必须请求船长宽恕我,而且越早说越好。

算盘一打好,我便起身,梳头洗脸,整装擦鞋。然后,我稳定了一下心绪,就前往他的舱房,怯怯地敲了门。

没有响应。我又敲了一次,也许稍用力了些。

这次我听到里面问:"是谁?"

"陶雪洛,先生。"

回应我的是不祥的沉寂。但过了一会儿就听他说:"你有什么事?"

"拜托你,先生,请让我跟你谈谈。"

答案仍是沉寂,我几乎要承认失败走开了。但最后,我听到里面的脚步声。接着,两个字响起:"进来。"

我打开门,望进房间,只见谢克利船长背向我站着。我停在门口不动,等待他邀请我进门。可他既不动,也不说话。

"先生?"我开口试探。

"干什么?"

"我……没有……"

"你没有什么?"

"我没有……介入的意思。"我轻轻地走向他,费力地说出口,"我当时吓坏了……我不知道……我并不打算……"看到船长依旧一言不发,我不禁动摇了。但我又重新鼓起所有的力量,结结巴巴地说:"还有,我手里握着那条鞭子时……"

突然间,我发现他要转身了。我的话冻结在唇边。

他是转身了,我也看到他了,我在他脸上制造了一道裂开的肉红色伤口。不过,令我发抖的是他的眼睛,此刻正流露出无比的憎恨,而憎恨的直接对象就是我。

"先生……"我努力地开口,"我并不是……"

"你知道自己做了什么好事!"他愤怒地低语。

"先生……"

"你知不知道?"他开始咆哮了。

又有眼泪冒出来。"我不是故意的,先生。"我哀求道,"我不是,请相信我。"

"你在我的属下面前侮辱我,让我难堪到了极点。"

"可是……"

"一个流鼻涕、自私、丑陋、讨厌的女孩侮辱了我。"他激动地说,"实在该用马鞭好好儿抽你一顿!"

我双膝跪下,手好似祈祷般地伸出,恳求他的宽恕。

"让他们来对付你,"他怒声道,"他们爱怎样就怎样。我撤回我的保护,你懂吗?我不想跟你有任何牵扯,

我不想!"

"先生……"

"你别再踏入我的房间一步,"他大吼,"听到没有!"

我不能自已地哭出声。

"滚出去!"他发火了,"滚出去!"他赶我离开。

我惊惶地跳起身,一不小心还扯破了衣服的滚边,没命地逃回自己房间。但是,如果实话实说(我在开始说这个故事时发誓要如此),即使在那一刻,我还真是全心全意只想找法子安抚船长,好重获他的欢心。只要能赢得他的宽恕,不论多艰难,我都会把握机会。

这次我没哭,实在麻木、惊吓得哭不出来了。我只能呆呆地站着(就跟我首次看到海鹰号时的模样差不多),脑子里一片混乱,试着思考我能做什么。

我无助地想象着父亲,甚至母亲或韦德女士,他们会希望我怎么做,但是找不出任何解答。

为了寻找答案,我郁闷地踏出舱房,朝甲板走去。我告诉自己,现在我最需要的就是新鲜空气。事实上,我也想知道船员对我到底有何感想。

船仍在漂流中,没有半丝鼓动船帆的风。甲板上依旧空无一人,我第一个念头是船员都逃了!我能听到的只有帆布轻柔的拍动,铁链叮叮当当的摩擦,以及船体沉重的叹息。看来好似世界的引擎都停止了运转。

可是,当我望向船尾甲板时,我确实看到了那些船员,他们低着头,安静地站在一起。我还听到费斯低沉的

声音,但我刚开始还搞不清楚他在说什么。

我也看到了哈林,他站得离那群人有些距离,阴暗的双眼紧紧地盯着他们。他手上握了一把枪,但并没有阻挠他们。

我怯怯地登上船尾甲板,想瞧得仔细些。我看到水手们围着某个躺在甲板上的物体,看起来像是麻袋。走近观察,我发现那是一张帆布吊床,就跟那些人平常睡的一样。这张吊床被缠绑起来,形状古怪而庞大。

我站在前端栏杆旁,没人注意到我。逐渐地,我发现费斯在那里念祈祷文。我忽然明白了,包在那张吊床里的是一具尸体,那具尸体想来是老查,那顿痛打害死了他。没想到我碰巧撞见了他的葬礼,他们正准备把尸体投入大海。

费斯的祷告并不长,可是他说得极慢。我听到的那段话中饱含了苦涩,他正恳求上帝替他们报仇,因为他们这群可怜的水手实在无能为力。

费斯说完,尤恩、基奇、格林、强森一块儿弯腰,抬起那张吊床。他们走向右舷栏杆,毫不在乎肩上的重量,然后,齐声大喝,抛出手中的重物。几秒钟不到,水花四下溅起,随之传来"阿门……阿门"的低语声。

我发起抖来。

费斯致上简单的悼词。然后,他们转身,全看到了我。

我没办法挪动一步。他们瞪着我,脸上带着对我无

比憎恶的表情。

"我……我很抱歉。"我只能挤出这句话。可我的话随风飘散,逝去。

"我不知道……"我又起了个头,但没法说完,泪水便从眼眶流出。我垂下头,开始啜泣。

"陶小姐……"我听到有人叫我。

我继续哭泣。

"陶小姐。"这句话又重复了一遍。

我强迫自己抬起头。只见是费斯,他的表情非常愤怒。"去找船长,"他坦率直言,"他才是你的朋友。"

"他才不是呢!"我一边吸鼻子,一边费力说出声,"我不想再和他有任何瓜葛!我恨他!"

费斯举起一个拳头,但又颓然放下。

"我想要帮助你们,"我诚心说道,"我想让你们知道我有多抱歉。"

他们默默地看着我。

"拜托……"我从费斯望向其他人,看不到任何被感化的迹象。

我心碎地跑向自己的房间,中间只停顿了一下,望了望船长舱房紧闭的门。

一旦独处,我再度放纵在炙热的泪水中。我觉得完全被孤立了,更糟的是,我还确定今天发生的可怕事件(那两个人的死!)完全是我的罪过。卡拉尼之死,我还找得到借口开脱;但是,老查被杀,除了怪我自己之外,实

在无法怪任何人!虽然收到了明确的警告,我仍拒绝认清船长狰狞的真面目;我还向他密告尤恩的手枪、圆形陈情书及偷渡客,因此才引爆了他惊人的怒气。

可是,这新的认知对我来说没有一点儿帮助,我还是不知道该如何弥补自己的过错。

我在床上大概躺了一小时吧。听到船上的大钟响起时,我仍躺在那儿。接着是哈林先生的喊叫声:"全体集合!全体集合!"

我坐起身聆听。第一个念头是——可能起风了,所以才传唤水手扬帆。但我却没有听到预示变天的声响,譬如汹涌的浪涛,以及穿梭在船帆间的风声。

然后我想,不知有什么新灾难要降临在我们身上了。尽管害怕,但我实在无法克制住好奇心,便溜下床,小心地打开门。

我再次听到钟响,以及人的叫声:"全体集合!全体集合!"

我越来越焦虑,赶紧偷偷地钻进统舱,伸出头来,张望甲板的动静。船员正站在中部甲板上,头朝上望着。

只见谢克利船长紧紧握住船尾甲板的栏杆,指节都泛白了。他脸上的伤痕已转为紫红色。光是看到它,就令我痛苦不已。

哈林先生站在他身边。

"……说得到,做得到。"船长说道。

"由于你们自己太过愚蠢,老查才丢了命。"他继续

发言,"并不是说他担负的工作比较多,我也不认为你们哪一个人做得够多。总之,费斯先生会接手老查在加油站的工作。至于基奇先生嘛,他似乎侍奉你们远超过侍奉我……我就让他如愿以偿,搬到船首舱房跟你们一道儿住去。空着的二副位置,就给强森先生了,至少,他还有点儿狗的智商,没去签那劳什子的圆形陈情书。强森先生的班……你们每个家伙都得负责到底。我不管你们怎么分配,不过,每一班的值班人员至少得有四名,一个都不准少。"

回答他的(最后几句话我听不太懂)是一片无情的死寂。

过了一会儿,摩根前跨一步说:"请求准许发言,长官。"我想过去我从未听过他的声音。

船长稍稍转身,怒目以对,但点了点头。

"谢克利船长,长官。"摩根大声说道,"船长要求我们的工作超过工作分量,这是没有明文规定的。只有紧急状况才行。"

船长注视摩根一会儿,然后他说:"很好,摩根先生,我告诉你们,现在正是紧急状况。如果这项命令引发出什么问题,那就请怪你们亲爱的卡拉尼先生,或是怪查先生的大胆无礼吧。还有,如果你仍同情这群蠢蛋,你可以自己揽下额外的工作。"

说完,他转向哈林先生,命令道:"叫第二班去擦洗船首,直到起风为止。叫其他人退下。"

The True Confessions of
Charlotte Doyle

哈林先生面向船员,把船长的命令重复一遍。

那群人一言不发地退下,有些人拖着脚迈向船首,有些人迅速没入船首舱房。残留在甲板上的,只剩下了卡拉尼的血迹。

我犹豫地走向加油站,费斯已经在那儿了。他高壮的身子填满了整个小空间,这是瘦弱的老查办不到的。我站在门的另一边,希望他会注意到我。但他没有,我低声唤道:"费斯先生……"

他转身,投给我的却只有敌视。

"船长是什么意思?"我声音低弱地问。

费斯仍是阴郁地望着我。

"告诉我,"我恳求他,"我必须知道。"

"船员人数本来就少,"他说,"现在他降了我的职,开除了基奇,让强森当二副。总而言之,我们的人数比从前更少了。船长打算把我们累死。"

"我能……我能帮上什么忙吗?"

"你?"费斯转过身去,轻蔑且怀疑地说。

"费斯先生,你一定要相信我。我想帮忙。"

"你是乘客,你是淑女,陶小姐。或者,还是告密者。"

我的眼泪又掉下来了。"我完全不知道……"我委屈地说。

他现在发火了,并且迅速回过头。"我觉得陶小姐完全搞错了。你当然知道。老查告诉过你,我知道他说过。他告诉我们,他在试着赢取你的信任。'噢,陶小姐相信

荣誉,'他这样说,'她是正义的化身!'"费斯向地上吐了一口痰,"荣誉!你想说什么,陶小姐?你根本不把他说的话放在心上。是不是因为老查只是个老黑鬼,又没有船长的迷人光辉?"

我垂下头。

"你能煮东西?"他怒火冲天,"你能收帆?你能掌舵?我想你什么都做不了,小姐。所以你管好自己的地方就行。等你到达普洛维顿斯后,你就可以拍拍屁股走人了。我保证,你再也不会想到我们。"

"这不是真的!"

"去找船长,陶小姐。他才是你亲爱的主人。"

"费斯先生,"我哀求着,声音小得跟我的自尊一样,"船长不愿与我有任何牵扯。"

"噢,他不会马上原谅你。留意你的朋友,陶小姐,留意他!"

"我不是故意……"

他猛然打断我:"像你这样的高贵人士从来不是故意的,陶小姐。可是你干的好事……"

我再也待不下去了。我退回自己的舱房,再次陷入深深的悔恨中。

当晚我闭门不出。我根本没有食欲。偶尔入眠,但时间都很短。有时我跪下,请求上帝的原谅。可是,我渴望船员的宽恕就跟我需要上苍的原谅一样迫切。如果我能做些补救就好了,如果我能让他们相信我愿意挑起责任

就好了。

黎明初露曙光，一个想法逐渐在我心中成形。刚开始它只是费斯所讲的话的回音，但这个想法太过惊人，我一直试着把它抛到脑后。可是，它却一次又一次重回我心中，驱走了其他的念头。

最后我翻身下床，从床下拿出老查为我缝制的帆布衣裤。我抓起那套皱巴巴的衣服，看着那粗糙的形状与简陋的设计。刚摸到粗糙的布料，我就想打退堂鼓了。

我闭上双眼，心脏剧烈地跳着，好像遇到大危机一样。不，我不行，这样太糟糕了。可是我告诉自己，我必须挑起责任，好向那些人证明，我的脑子也许出过问题，但我的心可没有。我命令自己脱下鞋子、袜子、罩裙，最后是我的亚麻上衣。

我用颤抖紧张的手换上水手服装。裤子和上衣沉重且僵硬，穿在身上感觉很不自在。我赤裸的脚趾在木头地板上蜷缩起来。

老查向费斯说我是"正义的化身"，这句话在我心中回荡着。

我走出舱房，静悄悄地通过统舱。天刚破晓。遥远的东方天边可以瞥见一抹薄细的金光，除此之外，一切都还处于黑暗之中。我走向加油站，祈祷在抵达前不会遇到任何人。我的祈祷这次灵验了，我没有被任何人发现。当时费斯正在炉边忙着。

我在门口停步。

国际大奖小说

"费斯先生。"我轻声道。

他站直了身,转头看着我。他的诧异起码给了我若干满足。

"我来,"我费力地说,"是想成为你们中的一员。"

第十二章

我要当水手

我再度站在船首舱房,那儿就跟我首次造访时一样脏乱不堪,但如今的我身着水手衣裤,以请愿者的身份前来。费斯郁郁不乐地站在我身边。要他相信我是真心想成为船员,实在不太容易。后来他勉强认可了我的诚意,但仍警告我,想要其他船员认可无疑是天方夜谭。

所以,我下一轮的请愿对象就是哈林先生那一班的人:格林、杜罕与佛力。如同费斯的预言,他们对我和我的提议看来兴趣寥寥。

"我是认真的,"我一而再、再而三地拿出勇气说,"我希望能接替强森先生的位置。"

"你是女孩子。"杜罕轻蔑、敌视地说。

"漂亮的女孩子。"佛力不无讽刺地说,"穿上帆布马裤也改变不了这点。"

"还是位淑女。"格林补充。似乎我的全然无用已可盖棺论定了。

"我想表示我支持你们,"我恳求着,"我知道自己犯

了错。"

"犯了错?"佛力发起脾气来,"两个活蹦乱跳的人已经死了!"

"还有,"杜罕同意,"你会碍手碍脚,净帮倒忙。"

"你们可以教我。"我提议。

"老天爷,"格林叫道,"她以为这儿是学校!"

"别忘了船长,"佛力问,"他会怎么说?"

"他不想和我有任何瓜葛。"我回答。

"他说是这样说,但你是他的甜心女孩,陶小姐。我们带你进来,他又会带你出去。到时我们的立场在哪里?"

就这样,循环来、循环去。那些人提出反对,我竭力争辩,费斯则不发一言。

尽管我努力想把头抬高,想让双眼保持坚定,但实在不容易。他们看我的表情,就好像我是什么恶心的东西。同时,他们提出的反对越多,我想证明自己的决心就越坚定。

"注意了,陶小姐。"杜罕下结论,"这可不是闹着玩的。你懂吗,你只要签了约,就下不来了。不论是挨人揍、被人骂,你都无法躲到安全的港湾。不论你胜任不胜任,都下不来了。我们唯一能向你讲明的,就是吃这碗饭不轻松。"

"我了解。"我说。

"伸出你的手。"他命令。

费斯轻轻推我一下。我伸出手,掌心朝上。

佛力审视着我的手。"像天杀的奶油一样。"他语带鄙夷,并伸出自己的手,"摸摸我的手!"我迟疑地握住他的一只手,发现他的肌肤有如粗糙的皮革。

"你的手也会变成这副德行,小姐,像野兽一样。你希望这样子吗?"

"我不在乎。"我坚决地说。

最后,杜罕说:"你也愿意接手船索上的工作?不论刮风下雨?"

这句话让我却步。

费斯捕捉到那丝犹豫。"回答。"他催促道。

"我愿意。"我顽强地说。

他们交换着眼色,然后佛力说道:"其他几个会怎么说?"

费斯摇着头叹道:"想必是同样的话。"

格林忽然说:"我有个主意,叫她爬到最上桅帆桁,如果她爬得上去,没病没痛地下来,到时候还想当船员,就让她签名好了,让她跟咱们一样到地狱去吧。"

"命令什么就要做什么!"

"一丁点儿也不能少!"

那几个家伙低哼一声,似乎取得了共识。他们转向我。

"现在,看陶小姐怎么说?"格林质问道。

我硬吞着口水,但还是重复了一遍:"我愿意。"

佛力站起身。"好极了,我去向其他人报告。"他说完走了出去。

费斯和我退回厨房,等待回音。当时,他询问了我的决心。

"陶小姐,"他努力想说服我,"你刚才同意要爬到最上桅帆桁的顶端。你知道主桅上最高的那张帆吗?足足一百三十英尺高。爬的方法有两种:你可以直接爬主桅,或者,你可以爬桅牵索,用索梯当踏脚板。"

我点头,好像我完全了解他在说什么,事实上,我连听都不想听,我只想赶快通过考试。

"还有,陶小姐,"他继续说着,"如果你滑了跤,跌下去,能掉到海里早点儿淹死就算幸运了。因为没人速度快到可以及时救起你,懂吗?"

我咽下口水,但点点头说:"我懂。"

"我这样说是因为——如果你不够幸运,你会摔到甲板上。那样的话,你不是摔成残废,就是跌断脖子而死。你还确定要爬吗?"

"我确定。"我重复着,语气倒是缓和了许多。

"我承认,"他表情复杂地说,"老查没有错,你是我见过的最稳当的女孩子。"

佛力迅速返回。"我们统一意见了。"他宣布,"你现在这样,没半个人赞成你加入,陶小姐。可是,如果你能爬到最上桅帆桁,并且平平安安下来,到时还想加入的话,我们会给你公平的机会。不过,我们不会多给什么优

惠,陶小姐,但该给的也不会少给半点儿。"

费斯望着我,寻求答案。

"我了解。"我说。

"好极了,"佛力说,"船长待在自己的房间,五声钟响前不太可能出来。你现在就可以爬了。"

"现在?"我害怕起来。

"良机难得。"

这四个人护送我上甲板。我看到其他船员已在那儿集合完毕。

尽管当时决心坚定,可我现在却为自己的自不量力深感不安。虽然桅杆向来很高,但我感觉从未像今天这般高耸入云。当我抵达甲板往上望时,勇气几乎灰飞烟灭。我的胃在翻搅,我的双腿酥软了。

这些都不重要了。费斯护送我到桅杆,我好似被领向火刑柱的犯人。他的表情跟我一样严肃。

若想充分了解我当时的所作所为,请记得,主桅的高度从甲板算起,足足有一百三十英尺。事实上,桅杆是由三根粗壮的树干圆木头尾相接组成的。另外,一根桅杆支撑了四层船帆,每一层都有各自的名称。照顺序来排,从底往上,分别是主帆桁、中桅帆桁、上桅帆桁,最后才是最上桅帆桁。

我的任务就是要爬到最上桅帆桁的顶端,然后再爬下来,一根指头也不能缺。假使我成功了,我将赢得每天爬上五十五回的机会。

费斯仿佛解读出了我的恐惧,严肃地问:"你要怎么爬,陶小姐?上桅杆还是爬索梯?"

我又抬头望了一眼。我绝不可能直接爬桅杆,支索和桅牵索有索梯,应该比较适合我。

"索梯。"我轻声回答。

"你请上吧。"

我必须承认,当时我的勇气全飞了。我发现自己动也动不了,捧着激烈跳动的心,我疯狂地四下张望。船员们排成一个新月形,看来活像死神的陪审团。

巴罗大叫:"记得我们的祝福,陶小姐。"

尤恩补充:"还要记得这句忠告,陶小姐。眼睛专心看绳索,不要向下看,也别往上瞧。"

我首次察觉,至少有些人希望我成功,这给了我不少勇气。

我迈向栏杆,步履迟缓,呼吸急促,真正碰到它时,我稍停了一下。我可以听到心中一个小声音在呐喊:"不要!不要!"

但同时,我听到杜罕讥笑道:"她没这个胆子。"

我伸手,抓住最低的滑孔盘,翻上栏杆——这个动作我以前就做过了。现在,我轻巧地翻到外侧,让自己靠着索具,甚至可以在此憩息。

我又向船员们望了一眼,准确地说,是往下看了他们一眼。他们正向上注视着,表情一片空白。

记起尤恩的忠告,我抬起眼睛,死盯着面前的绳索。

The True Confessions of Charlotte Doyle

然后,尽量将手往上伸,抓着中间的桅牵索,我攀住一根索梯,开始向上爬。

每根索梯相隔约十六英寸,因此,对我来说要迈的步子非常宽。我必须用手臂抓,还得用双腿爬。一根接着一根,我爬上去了,好似在攀登一座巨大的楼梯。

我爬了约十七英尺,就发现自己犯了大错。索具分组成套,每组都通往不同层次的桅杆。我本可选择直接通往最顶端的索具,但,我却选了一条只到第一桅支架的,也就是下桅的顶端。

一时之间,我考虑回头,重新开始。我向下一瞥,只见船员的脸正向上望着。我了解,即使最小的下降动作,也会被他们视为撤退。我必须继续爬!

所以,我继续爬。

慢慢地,我爬进松垮垮的灰白船帆,踏上(看来如此)死气沉沉的"云层"。

船帆之外是石板灰的大海,终年汹涌不息。尽管海水看来平静,可我能感到船只的徐缓晃动。我猛然醒悟,一旦起风,一旦海鹰号开始乘风破浪,这趟攀爬之行会变得极其困难。光想到这就令我掌心出汗。

我继续往上,到达主帆桁。这时我又偷偷瞥了大海一眼,惊讶地发现它变大了,事实上,我越看它,它变得越大;相反地,海鹰号却变小了,我越看它,它变得越小!

我向上瞧,想爬得更高,我必须先翻上桅支架,好靠近下一组索梯,就跟我刚才做的一样。但高度却是两倍!

我一只手紧环住桅杆（才不过到这儿,桅杆就粗得无法整个儿环住),另一只手抓住一条支索,慢慢移近。就在这时,船向下一沉,整个世界似乎翻转了。我的胃翻搅起来,心急速跳动,头开始眩晕。我不能自已地闭上双眼。原来是船改变了方向,我脚下一滑,幸好手及时抓住一条绳索,才幸免于难。我觉得要反胃了。尽管气力在不断消逝,我仍苦苦为美好的生命挣扎着。到目前为止,我终于体悟到了这项尝试的愚蠢。这不只是笨,根本是自杀行为。我绝不可能活着下去！

但,我必须爬,这是我理应付出的代价。

等到船只稳定下来,我赶紧抓住远处的索具,先是一只手,然后是另一只,越爬越高。我正朝中桅帆迈进,就在上方约十五英尺处。

我尽可能贴住索具,费力攀登。我把绳索抓得紧紧的,手想活动一下都很困难,甚至连脚指头也蜷缩在索梯上。

终于,我抵达了中桅帆桁,但发现那儿根本无法让人休息。唯一能稍做停顿的地方是上桅帆桁之下的桅支架,比我已攀登的部分还要高上三倍有余。

此时,我每一寸肌肉都刺痛不堪。我的头轻飘飘的,我的心重如铁砧,我的手在火中烧烤,我的脚心红肿酸疼。我不时被迫停顿下来,脸颊埋进索具,双眸紧闭。然后,尽管事先接到警告,我还是睁开双眼,向下窥探。海鹰号像是一个木头玩具,海洋则变得更大了。

我命令自己往上看。天啊,还有那么远!我不确定自己是否还动得了。但是,现在回头同样恐怖。我只知道不能停着不动,所以我继续爬,一根索梯接着一根索梯,每次登高似乎都是永恒的岁月。最后,我终于抵达上桅帆桁的正下方。

老练的水手仅需两分钟就可以爬到这里,我却花了三十分钟!

尽管感觉到海鹰号有规则的晃动,我还是在那儿休息了一会儿。甲板上的小晃动,一旦移到云深高处,在险恶难测的空气中,霎时就会变成狂野的摇摆。

我被呛着了,几乎呕出来。咽下胃液,我深吸一口气,向外看去。虽然我以为不可能,海洋却变得更大了。往下看时,船员上仰的脸活像许多小虫子。

还要再爬二十五英尺左右。我抓住索具,向上攀爬。

最后的攀爬是彻头彻尾的折磨。每往上一步,船只的摇晃就多几分。即使一步不动,人也在狂野、宽阔的气团间飞舞。地平线不停地变换、倾斜、疾落。我越来越眩晕、恶心且害怕,深信下一刻我就会摔跤,摔得粉身碎骨。我停了又停,死盯着索具不放的双眼好似要花了。我喘着气,全心全意向上苍祈求。我仅存的希望是,爬得离天堂近些,这样我就可以让自己的绝望上诉天听!

一英寸又一英寸,我继续向上爬。半英寸!四分之一英寸!靠着颤抖的手指,我终于碰到最上桅帆桁。我到达最顶端了!

才刚抵达,我又想休息了。可是,桅杆节拍器似的摆动正达最高潮,海鹰号摇来晃去,似乎想把我摔掉,如同狗想把背上的水珠子甩掉一样。我向远方眺望,眼前的海简直无限大,它虎视眈眈,像要把我整个儿吞下似的。

我必须爬下去。

爬上很难,恐怖的是,爬下更难。上行,我可以看到自己的去处。下行,我必须像瞎子似的探脚摸索。有时,我尝试瞄几眼,但下方空茫的景象实在令人恶心,我马上被迫合上双眼。

向下的每步摸索都是噩梦一场。大多时候,我的脚只够得到空气。一阵微风扬起,似乎在嘲笑我的害怕。船帆开始鼓胀、拍动、喷气、吐气,险些令我窒息。船只的晃动也变得更加剧烈(如果还能更剧烈的话)。

我往下爬,爬过了方才短暂歇息过的上桅帆桁桅支架,然后沿着最长的一段船索,向主帆桁迈进。就在此时,我滑了一跤。

当时我正用脚寻觅下一根索梯。当我找到踏脚处,伸出脚掌压上重量时,脚却在黏糊糊的焦油上一绊,迅雷似的向前滑去。这事发生得太突然,我不禁松开手,整个人也往后倒去,但腿还缠在绳网中。就这样,我头朝下被挂在那儿。

我尖叫起来,试着抓住什么东西,但没有半点儿用处。任凭我疯狂地乱舞乱挥,也碰不到任何实体。最后,我的手擦过一段松垮垮的绳索,我试图抓住它,失败,我

又抓了一次。终于,我使尽吃奶的力气,费劲地用手臂缠住那团绳索,把自己和桅杆、船索打了个救命结。天啊,我哭得多厉害!我整个身体都在颤抖,好似要裂成两半一样。

等到呼吸平稳了些,我慢慢解开一只手臂,接着轮到双腿。我自由了。

我继续向下爬,到达主帆桁时,我全身都麻木了,泪水再度从双眼涌出。

我移向刚才爬过的桅牵索,慢慢通过船帆的最低处。

当我的身影出现在船帆下方时,水手们高声喊着:"万岁!"

噢,我的心充满了无比的喜悦!

最后,我快要爬到终点时,巴罗跨前一步,满脸发光,他高举手臂,嚷着:"跳下来!跳下来!"

不过,我已决定要自力更生。我摇了摇头,靠着两条瘫软的腿降落在甲板上。

我一落地,水手们又欢呼一声:"万岁!"我的心情瞬间飞扬起来,跌跌撞撞地站起身。此时,我才看见谢克利船长推开人群,站到我面前。

第十三章

考 验

我站着不动。一见他和不远处的哈林先生出现,后方水手组成的小圈子似乎退缩不前了。

"陶小姐,"船长的愤怒快要爆发了,"这是怎么回事?"

我一言不发地站着。我要怎么跟他解释?此刻,我半个字也说不出来。过去二十四小时内,我实在经历了太多情绪的波折。

我保持沉默。他又继续质问:"你干吗穿成这副鬼样子?回答我!"他越生气,脸上那道伤痕的颜色就越深。"谁准许你爬到索具上的?"

我倒退一步,说:"我……我当了水手。"

谢克利船长无法理解我的话,一味紧盯着我。然后,他渐渐懂了。他的脸涨得通红,拳头紧握。

"陶小姐,"他从紧闭的齿间挤出声,"请你回到自己的房间,脱掉这身可耻的东西,换上适合的服装。你在制造不安和麻烦,我绝不容许这种事发生。"

但我仍站在原地,不动,也不回答。他忽然咆哮起来:"听到没有?滚回自己的房间去!""我不回去,"我突然发出声说,"我已经不是乘客了。我跟他们是一伙儿的。"说着说着,我向后退去,退到那群水手附近才停下脚步。

船长瞪着船员们。"至于你们,"他轻蔑地说,"想必是你们同意的啰?"

他们的回答是沉默。

船长似乎拿不定主意了。

"哈林先生!"最后他喝道。

"敬请吩咐,长官。"

船长的脸又涨红了。他的注意力转向我。"你的父亲,陶小姐,"他宣告,"他不会准许的。"

"家父……本船的公司主管,亦即你的雇主,我想我对他的了解比你多得多。"我说,"他会赞成我的决定。"

船长越来越拿不定主意了。终于,他答道:"很好,陶小姐,如果你现在不肯换回适合的服装,如果你坚持要把这场游戏玩下去,你就别指望有改变主意的机会。你当了水手,就得当下去。我保证,我会随意驱使你干活儿,绝无优待。"

"我才不在乎你要干什么!"我回嘴。

船长转向大副。"哈林先生,去陶小姐的舱房,搬出她的私人物品,叫她跟水手们一起窝在船首舱房。在航海日志上登记,把陶小姐列为失踪人口。从今以后,我等

着看她和其他船员一起工作。"说完,他的身形隐入统舱。

他人刚一消失,船员(不包括哈林先生)就爆发出另一声欢呼!

就这样,我变成了海鹰号的全职水手。不论我从前犯过什么可悲的过错(破坏卡拉尼领导的叛乱,并造成老查的悲惨结局),水手们似乎都承认了我在心灵上与角色上的转变,并且开始接受我了。对他们来说,我当船员不只是赎罪,更是对谢克利船长的挑衅。自从我借由爬索具表示愿与他们同甘共苦,自从他们看到我挺身对抗谢克利,一种亲密的师生情谊便油然而生了。船员们变成了我的导师。他们帮我,与我共事,引导我度过了隐藏在工作背后的各项致命危机。我反复出错,他们却耐心十足,远比柏利顿女子学校的教师要耐心得多,可那儿要学的却只有书法、拼音及古代的道德而已。

我说过我不逃避任何工作,请相信这点。即使我想偷懒也不行,因为打从一开始,我就十分明白,船上是不准怠工的。我把麻絮敲进甲板间的缝隙;我擦洗船身;我值班,看着黎明祝福海洋,望着月儿照映夜空;我掷线测量海的深度;我轮班掌舵;我拖洗甲板;我替索具上焦油;我缠绳打结……所有困苦,我都与船员们共担。对了,我还爬上索具工作。

说实话,首次桅顶之行只不过是众多例行攀爬的前奏而已。当然啰,自从成为水手之后,总是有人陪着我

爬。高空临海，我的船员伙伴教我如何用一只手工作（另一只手必须抓牢船索），如何吊在桅杆上，如何收帆，如何挨着绳索走路。所以说，每一张帆，每一小时，都印上了我工作的足迹。

至于船长呢，他言出必行，不，应说是行过于言。他毫无慈悲心肠，不停驱使船员工作。如今我成为其中一分子，他驱策船员们(特别是我)就更严厉了。但不论他怎么挑剔，也找不出斥责的借口，我才不让他有机可乘呢。

我对劳动一无所知，所以，打从成为船员的那天起，我的身体就疼痛不堪，这也没什么好惊讶的。我浑身痛得有如被拷打过。我的皮肤变成粉红色，继而红色，最后棕色。手心的皮肤起先破皮、流脓、疼痛，最后长出新的粗皮——动物般的皮肤，跟事前担保的一样。我的值班时间一结束，就立刻跌进吊床，心满意足地进入梦乡，虽然从不超过四小时，有时还会更少。

关于睡的问题必须还要稍提几句。记得吗？当初船长收回我的舱房，并坚持让我搬到船首舱房跟男人们窝在一块儿，无疑是想羞辱我，借此逼迫我恢复过去的身份。

男人们第一天就开会，并以神圣的誓约结会。他们叫我跟他们一道儿住，并发誓会尽力为我提供隐私的空间。他们愿当我的弟兄。我的称呼不再是陶小姐，而是雪洛。

我分到一张放在角落的吊床，一面破旧的船帆围绕

其旁充当布帘。这个空间属于我私人所有,我的房间问题就此解决。

没错,我听惯了,同时也学会了他们的粗俗语言。我也承认,沐浴在新自由中的我确实自创了些粗言鄙语。起先是为了逗船员们开心,但没过多久,发明粗言鄙语倒成了我(以及他们)的第二天性。我并非想借此吹嘘,只是想说明自己对新生活的全心投入。这段日子使我慢慢体会到了一种前所未有过的自由与狂喜。

两个星期就这么过去了。有一天,我爬到前桅顶端,双臂紧环着上桅帆桁,棕色裸足轻巧地平衡在船索上。当时是第二轮薄暮班敲了七下钟,不一会儿就是黄昏了。风自西北方吹来,船帆紧绷,副帆也升了起来。

下方,船首似乎是借雕像的双翼之助,持续向前乘风破浪,激起无数水花及泡沫。如今这些摇晃对我已毫无影响,我们好似海鹰一般,正飞向天际。离船首右舷侧不远,海豚在追逐浪花,它们也是十足的飞行家。

我数日未加梳理的头发,在含盐的空气中自由飘荡。因风吹日晒而呈黝黑的脸庞,展现出无数微笑的小纹。我眯眼西望血红太阳的圆脸,它在海上挥洒出一条闪烁发光的金色大道,从我伫立之处望去,海鹰号似乎在那条金色的梦之道上航行。我在天地间,快乐且新生,自由自在,远离从前我视之为归属之地的监牢!

谢克利船长是快乐中唯一的阴影。他不常造访甲板,可他一旦出现的时候,整个人都包裹在阴沉可怖的

黑暗中。

除了大副哈林先生与二副强森先生之外,他几乎不跟任何人说话。一旦对他们开口,也不外乎命令与谩骂。

自然啦,在不值班的时候,船首舱房内永无止尽的谣言总是围着船长打转。

尤恩宣称船长与大副间暗潮汹涌,因为哈林先生对谢克利的手段也不大赞同。

"鬼才相信,"基奇先生说,"哈林好比是谢克利手上的手套。"自从降级以来,他人变得更紧张了。

费斯坚持,谢克利老窝在下面,是为了隐藏脸上的伤痕,他想把自己埋葬在羞愧中。

格林发誓,他压榨我们是为了尽早完成旅程,如此才能证明他没错。

不过,佛力认为,我才是船长一切举动的症结所在。

"此话怎讲?"我询问。

"我看着他,"佛力坚持,"观察他,发现只在你当班的时候他才上来。一只眼管船上的大大小小,但另一只眼……"

"怎样?"我有所感悟地说。

"他老是在观察你,"佛力说着望向其他人寻求支持,"他的眼中只有憎恨。"

其他人点头同意。

"这又是为什么?"我问。

"他等着,他希望你犯错。"摩根插嘴,深吸了一口烟

斗,船首舱房霎时充满了那刺鼻的烟味儿。

"犯错?"我问。

"你犯错,他好对付你,也好扳回一局。注意哟,雪洛,你把他给逼到死角里去了。"

"是吗?"

"自从加入我们的那一刻起,你就是了。你提到你父亲不是吗?你说他会赞成你的所作所为。"

"他会的,他相信正义。"

"无论如何,谢克利不知该怎么办才好。他是让了步,但你知道,他可不喜欢这码事儿。所以我才说他等着你犯错,好为自己赢回面子。"

"我可不打算犯错。"我骄傲地宣布。

费斯往地板啐了一口:"他也别想。"

事情的发展正如摩根所料。

对陆上的人而言,被烈日灼白、海风吹展的船帆看似轻如空气。事实上,船帆的材料是沉重的帆布,一旦缠在桁上,必须立刻松开,否则就会破裂——如此一来,船索、帆桁,甚至桅杆都会随之倒地。失去控制的船帆像是一顿劈头盖脸的鞭子,能够无缘无故送一名身强体健的水手上西天。这是常有的事儿,不足为奇。

船首三角帆系在船首斜桅最远的一端,亦即最顶端之处。要是你考虑到航行在深海的船首总是起起伏伏的,你就会晓得,三角帆一旦破裂,就会半沉半浮在海中。水的压力加上船的冲力,船首斜桅有可能会因此断

The True Confessions of Charlotte Doyle

裂。所以说,修理三角帆的水手不仅得和狂飞乱舞的笨重船帆搏斗,更要留意足下那仅隔数英尺(有时距离更短)的咆哮汪洋。

某天下午,就是在船首舱房会谈的两天后,正轮到我值班,船首三角帆正如我方才所说的缠在了桅上。谢克利船长一发现就嚷道:"陶先生!去修理船首斜桅!"他太急于差遣我,因此这次的命令是直接下达,而非通过大副或二副。

我还没反应过来,格林就冲向前嚷道:"请让我来修理,长官!"格林个性冲动,火气来得快,去得也快。

"我叫的是陶先生,"船长回答,"他拒绝干活儿吗?"

"没有,长官。"我说着迅速跑向船首斜桅。

格林急忙跟着我,在我耳边噼里啪啦下达着一连串指令,并塞给我一把捻接用的刀子。

我接过来,把刀子放入口袋。

"雪洛,你看到那根绳子了吗?"他一只手指向系住三角帆的斜桅远端那团缠结在一起的绳索问。

我点点头。

"别跟船帆纠缠,你只需割断绳索便可。三角帆会自动松开,我们还有别的帆。注意,你必须一刀割断,然后马上荡到斜桅下方,否则船帆会把你卷进去,懂了吗?"

我又点点头。

"要掌握好时间,不然船一颠,海水一涨,你就会被吞掉。"

国际大奖小说

　　我充满自信,跳向船首栏杆时既未多加考虑,亦无甚忧心。我踏上船首斜桅,自忖需要在斜桅上走二十英尺——并非难事,因为尚有绳索可供我依靠。

　　我起步,依照先前所学,双目紧盯住船首斜桅和赤裸的双足,一英寸一英寸地向前挨去。下方汹涌的海水嘶嘶作响,斜桅本身因泡沫而湿滑,这些都算不了什么,令我吓了一跳的是斜桅在激烈地上下振动。

　　行到一半时我往回看了一眼。自从上船以来,我首次看清楚船首雕像——一只苍灰色的海鹰,展开的双翼紧抵着船首,它高昂着头,鹰喙大开,好似在高鸣。船首一倾,张开的鹰喙就不断啄向大海,每次上升,白沫都随之滴落,活像患有狂犬症的疯狗。那恐怖的景象吓住了我,一时之间,我呆在原地,直到船突然震动,使我几乎栽入海中。

　　危急时刻即将来临,但唯有将脚趾紧缩在斜桅上,一只手紧抓住支撑的绳索,我才有办法松开另一只手,好把格林的捻接刀掏出口袋。

　　我倚向前,动手割起绳索。上天助我,缠结的绳索紧绷着,切起来容易得很——只怕太容易了。最后一小段绳索嘶的一声裂开,船帆低沉回响,扫过我正在割绳索的手,使得那把刀飞入海中。正当我笨拙地摸索之际,斜桅猛然震动了一下,于是我滑了一跤,直往下跌落,纯属好运,才算抓住船首斜桅。我就这样吊在那儿,晃着双足,离下方的汹涌大海仅有数英尺之遥。

女水手日记

The True Confessions of
Charlotte Doyle

随着海鹰号摇来晃去，海水淹到我的腰，继而我的胸。我尝试着翻过身，想用脚钩住斜桅，但徒劳无功。海浪持续扫过我，试图把我拉下来，我却只能荡在那儿，疯狂无助地胡踢乱晃。我的头有两次浸入了海中，吞了几口海水，喉咙哽塞不已。最后我终于懂了，唯有算好时间，让脚的晃动配合好船的上升冲力，我才有办法自救。

船向上升涨，我竭尽全力，双足上荡，攀上斜桅。但海鹰号却再度下沉，我随之又浸入狂猛的海浪中，只能紧抓住斜桅不放。随即船又向上。这次我使出吃奶的力气翻过身来，终于跨在斜桅之上，可整个人却瘫了下来。

想必有人招呼了掌舵的人，船的航道变了，改航到比较平稳些的水面上，逐渐慢了下来，晃动也不再如此厉害了。

我大口喘息着，向海吐了口痰，终于有力气挨过斜桅。最后，我踏上那座木制的张狂鹰首，翻过栏杆。格林帮助我登上甲板，并热情地拥抱我一下，表示称赞。

船长望着我，他的脸有如石头般毫无表情。

"陶先生，"他吼道，"到这儿来！"

尽管颤抖剧烈，我却无暇害怕。我完成了工作，我也知道我完成了。我迅速登上船尾甲板。

"假如我差遣你干活儿，"船长说，"记住！我差的是你，不是别人。是你迫使我们改变航道，浪费了时间！"我还没来得及回答，他就扬起手背，打了我一巴掌，转身走开。

我的反应非常快。"胆小鬼!"我向他大叫,"骗子!"

他旋即转身,起步朝我迈进,疤痕犹在的脸因愤怒而扭曲。

但我自己也是满腔愤怒,绝不肯让步。"我巴不得快一点儿到普洛维顿斯!"我向他吼道,"我会直接上法庭去!你的船长宝座不会再坐几天了!每个人都会知道你是个残忍无情的暴君!"我朝甲板吐了口痰,就吐在他的马靴边。

我的话使他面色苍白如鬼魅——充满杀机的鬼魅。但他随即控制住自己,跟从前一样,猛地转身,离开甲板。

我转过身,胜利感溢满我的心。大多数船员都目睹了这一切,但这次并没有欢呼声。

时间一刻刻过去,没有只言片语,只有格林除外,他坚持我必须学习如何应付刀子,包括带刀、用刀,甚至弃刀。等到我的第一轮班结束,他命我在甲板上练习了三个小时。

接下来的两天都平安无事地度过。然而这段时间内,天空转为不变的苍灰,空气中满是潮湿的水汽,风起落的模式怪诞可疑(我觉得)。第二天将近日落时,巴罗和我正在擦磨绞盘,我看到波浪间浮着一根树枝,一只红色的鸟栖息在上面。

"看!"我指着那只鸟,欣喜地嚷道,"我们是不是离陆地不远了?"

巴罗起身想看个仔细,他摇摇头说:"这只鸟来自加勒比海,一千英里外的地方。我在那儿见过它。血鸟,当地人是这样称呼它的。"

"它怎么会来这儿?"

半晌之后,他说道:"被暴风雨吹来的。"

我惊讶地望着他。"哪种暴风雨能把鸟吹得那么远?"我双眼圆睁着问。

"飓风。"

"飓风是什么?"

"暴风雨中最糟糕的一种。"

"我们能避开它吗?"

巴罗再度望向舵轮、船帆,继而是上方的天空,然后他皱起眉头。"我听到哈林先生和谢克利在争论这点。根据我的了解,"他说,"我认为船长不想避开。"

"为什么?"

"就是格林老说的话啊,船长想跑快些。如果他能成功地把船带进飓风边缘,风会送我们上路,好比两磅的加农炮射出一磅的子弹般快。"

"如果他失败了呢?"

"一磅的加农炮射出两磅的子弹。"

第十四章

遭遇飓风

第四十五天,清晨两声钟响,暴风雨来了。

"全体集合!全体集合!"

随着这个声音响起,海鹰号开始上下剧烈起伏。我到底是自己从吊床上爬起的,还是被船只强烈的震动给抛出来的,至今我也没搞清楚。醒来时,我发现自己趴在地板上,帘子被撕破了,整个船首舱房正处于疯狂的混乱中。我上方的灯诡异地摇晃着,大伙儿的物品像撞球般滑来滑去,箱子满地滚动,整班人乱成一团。

随着船只的再三颠簸,"全体集合!全体集合!"的叫声持续响起,我从中嗅到了前所未有的紧急意味。

"飓风!"我还听到有人这么说。

纷乱的人潮拥出船首舱房,冲往甲板。我跟着他们跑,一边对抗着船只狂乱的颠簸,一边试图穿上上衣。

虽然黎明早就过了,可是天空仍是黑的。狂风嘶吼,有如垂死前痛苦挣扎的士兵。被风吹狂的急雨敲击着甲板,奏出唯有疯狂鼓手才能挥洒出的旋律。大海掀起高

墙般的巨浪,怒气冲冲地向我们袭来。正当负伤的我呆立不动时,我捕捉到哈林先生和谢克利船长的身影,他们正在激烈地争吵。

"……到了海底,哪有什么利润可图!"我听到大副顶着暴风雨叫道。

"哈林先生,我们挺得过去!"船长说完又转身吼道,"全体人员爬上船索!全体人员爬上船索!"

我几乎不敢相信自己的耳朵。我在暴风雨中爬上船索往上一瞧,立刻就晓得了原因何在。在狂风的肆虐下,许多船帆脱离了绳索的绑缚,如今正在断折、破裂,已到了失控的地步,并且狂野地旋转着。

"全体人员爬上船索!全体人员爬上船索!"声音带着恳求,也带着绝望再度响起。

我可以看到船员们弯着身子抵抗着狂风暴雨,奋不顾身地爬上桅牵索。我挣扎着站起身,却又被另一波浪给打倒。我再次爬起,双手用力抓住一条绳索撑住身子。终于,我站起来了——一副将倒未倒的模样。我慢慢地移向前桅。当我抵达目的地时(这段路漫长得似乎永远也走不完),谢克利船长已经在那儿了,他正在疯狂地绑缠船索。

"我该做什么?"我朝着他的背吼道。嘶吼,是唯一能让声音传入对方耳朵的方法。

"割断前桅帆,免得它把整根前桅给拖下水!"他吼回来。我不太确定他知不知道是我。"你有没有刀子?"他

问。

"没有!"

他伸手探向背后的口袋,并转过身来。当他看到是我时犹豫了一会儿。

"刀子!"我叫道。

他递了一把给我。

"在哪里?"我叫道。

"你没听到吗?"他疯狂地比划着手脚叫道,"割断那张帆!"

我往上看,可是在疾雨中无法瞧得很远,海鹰号狂乱的摆动使桅杆抖得有如中风的病人一样。我只看得到帆桁,挂在上面的船帆几乎鼓胀成一个气球。船帆突然凹陷,又再度鼓起,它要么很快就破掉,要么就拖着前桅一道儿飞。

"上去啊,混账东西!上去!快!"谢克利船长叫着。

我爬上船索,但又立刻停住,发现自己不可能一边爬,一边握着刀子。我用牙齿咬住刀子之后,再度抓紧船索,双手并用地爬了起来。

虽然实际上我是爬在空气里,但我自觉有如在急流中逆流而上。除了雨和浪之外,尚有嘶吼的风向我袭来。我几乎无法辨识自己去向何方。更糟糕的是,我那厚重的湿发有如马尾般,不停地在脸旁挥来扫去。我的双眼好似被蒙住了。

我被逼急了,于是把双腿和一只手臂缠入绳索中,

用另外那只空着的手把头发抓过来,然后用紧缠在绳索中那只手紧拉住头发。我拿下刀子,一刀劈下。头一挥,留了十三年的头发就没了。我继续攀爬。

每寸向上的爬行都是一场战争,我好似被捏在上帝愤怒的手掌心内。

下方的甲板上(当我有勇气往下看时)是一片混乱,海水、泡沫、木板,偶尔还夹杂着某个奋力不休的人。我确信海鹰号只是在苟延残喘,我们注定会被淹死。但我告诉自己别再看了,我必须专心完成任务。

我再往上爬时,雨声嘶嘶,雷声隆隆,闪电刺眼,人声亦此起彼落地穿过漩涡,飘进我的耳朵,尽管是我捕捉不到的字眼,但它们象征的就是恐怖。

我爬得越来越高,此时船帆鼓起,飘离了我。但下一刻钟风向变了,厚重的帆布萎缩,裂开,湿淋淋的,整个重量都落到了我身上,似乎是想凭着自己的意志把我扫下去。绝望的我手脚并用地攀住绳索。接着船帆破了,随之产生的真空状态几乎把我给吸走。天知道我是怎么做到的,但我撑住了,继续向上爬。

透过哀鸣的风声,我听到一个可怕的尖锐声音,继而是大量木材的碎裂声。我心想,那是我的桅杆发出来的吗?我是不是要坠入巨浪中了?我不敢停下来思考。但桅杆还在。

一手接一手,一脚跟一脚,我还是奋力往上爬。我确信大伙儿都将死去,可能死在波浪上方或是波浪下方,

反正都一样。我一心一意只想爬到这张帆上方,似乎这样一来我就能超越这团混乱。把这张帆整个割掉是我唯一的目标,我不会也无法想到其他事情。有时我停下脚步,那是为了歇息一阵,喘口气,提醒自己还活着。而后,我会继续往上爬。

帆桁上悬着最大的一张前桅帆,它也是船航行时的真正引擎。即使在正常状况下,它对船来说也蛮重的,在这种暴风雨中,它紧拖着船,似乎想把桅杆自甲板上连根拔起。尽管狂风在耳边嘶吼,我仍听得到桅杆的断裂声,也看得到它像一把巨弓般弯着。我需要做的事,我必须做的事,就是割掉那张帆,移走压在桅杆上的沉重压力。

我担心浪费时间,赶紧跨在缠住那帆顶部的船索上,开始切割看得到的每一段绳索。幸运得很,绳索很紧,刀子也很锋利,我几乎不用使力。绳子一碰到刀子边缘就有如爆炸般裂开了。

绳索每切下一段,船帆就被吹得更加无拘无束了。绳索末端碎成细小的线条,与急落的雨混成一体,叫人无从分辨。

我一点儿一点儿往前移,边移边割,最后抵达船索最远的一端。此时我必须做出决定,我应该切断撑住船索本身的绳子吗?我做了会发生什么事?不做又会怎么样?我四面环顾,徒然希望能在近处看到其他船员。我惊讶地看到上方真有个影子,但却看不出他是谁。无论如

何,他所在之处远比我高得多!

我决定不再割断更多绳索。如果必须做的话,其他人会去做。我的工作是割断剩下的船帆。也就是说,我必须重返原路,继续爬向相反那一端的船索。

然而,船索两端不对称的重量(加上我人在一端),使得它开始疯狂摆动起来。我不禁担心它会突然飞开,连带把我也给摔下来。我必须回到桅杆上,但支撑脚的绳子却被我在狂乱中顺道割下。我必须自己爬回去。于是,我再次咬住刀子,手臂紧拉住船索,伏下身子,准备向前爬。但是船索猛然一斜,我的脚也跟着一滑,刀子自我的嘴巴中滑落。只一秒钟,我整个人就悬在了空中,腿朝下,脸远离了桅杆,眼看就要落下去了。

我别无选择,必须双手交替,倒爬回桅杆。但无论我如何努力地加快速度,仍然只能小步小步向前进。狂风骤雨外加船只的摇摆起伏,不停地阻挠着我。我的身体在飓风中狂舞、扭曲。

转头望去,我可以看到桅杆就在不远的地方。但此时我的手臂开始抽筋。

"救命啊!"我叫道,"救救我!"一只手已然滑落。

就在离桅杆四英尺远处,我用力一荡,巴望双腿能钩住桅杆,但却减弱了手臂的抓握力。我确信自己快要掉下去了。

"救命啊!"我向狂风吼道。

突然间,一个身影出现在帆桁上。"雪洛!"我听到他

的叫声,"抓住我的手!"

真的有一只手伸到我面前。我疯了似的伸出手,抓住那只手,紧握不放,他也回握住我,手指像铁箍般环住我的手腕。一时之间,我就被那只手吊住了。接着,他猛地拉了我一把,我的腿也随之紧环住了帆桁。我一边喘着气,一边抬头望向那个迅速离去的身影。我忽然意识到,他是老查!

一瞬间,我相信自己已死,他则是天使。但我没有时间多想。因为从正上方传来了剧烈的爆炸声。我抬头望去,看到前桅帆已完全裂开,船帆被卷入狂风中。我瞥到那团灰色在旋转、扭曲,随之化为虚无,活像坠入地狱的受苦灵魂。

我匆忙回头,那个我认为是老查的男人已经消失了。正当我出神之际,海鹰号顿失船帆的拉扯,猛地倒向一侧。我惊骇地看着大海向我扑来。天哪,我们的船要翻了!但船又突然一抖身子恢复了平稳。

我大口喘着气,跌跌撞撞地向前爬,终于抵达桅杆。我紧环住它,好像它是我的生命一般。没了刀,我待在上面也没用。别的不说,我原先要割的那张帆反正早就飞了。我开始往下爬,滑跤的次数比上行时还多。

只剩最后数英尺了,我跳到甲板上。究竟是暴风雨变小了,还是我已慢慢习惯了,我不清楚,我只是感觉强风骤雨仍在袭击着我们,但飓风的怒火似乎缓和了许多。我四处张望着,只见帆桁堆成了小丘,有些还缠着船

帆;栏杆碎的碎,裂的裂;纠结的绳索到处飞舞;船尾甲板上有几名水手手执斧头,正在辛勤工作。我急忙加入他们之中。

直到那时,我才发现主桅不见了,只剩下参差不齐的残株。我忆起先前听到的刺耳的声音。

我向船尾望去,看到费斯伏在舵轮上,粗壮的手臂张开着,双手牢牢地握住舵轮柄。要不是他被冲到这个地方,他绝不可能还站得直身。

在连绵且似乎威力不减的倾盆大雨下,我们开始收拾掉落的桅桁与船帆。要掉不掉、晃在船外的,我们切断,让它自生自灭。搬得动的,就集中到中部甲板上。

突然之间,雨停了,有如光明战胜了黑暗,大海顿时恢复了平静,连太阳也露出了笑脸。我抬头向上望,惊异得很,竟然看到一片蔚蓝的天空。

"结束了!"我屏住气息。

强森先生摇摇头。"这可不见得!"他警告说,"这儿是台风眼,这只不过是暂停一下而已。再继续走个二十分钟,它就又会回来了。不过,这也要看上帝的旨意,如果我们能把甲板清理干净,也许能冲出暴风圈!"

我抬头望着剩下的桅杆,只有上桅帆还在,其他的船帆都被割掉了。

大伙儿疯狂赶工,终于即将大功告成。佛力拉开甲板上最后一片破烂的帆布,在帆布的下方,躺着哈林先生。他脸朝下,一把刀插在他背上,刺得好深,我们能看

到的只有雕刻精细的刀柄。我认识柄上那一颗星的构图——那是老查给我的匕首。

哈林先生的尸体（这是毋庸置疑的事实）令我们个个哑口无言。但不管怎么说，我们才刚从暴风雨中死里逃生，没有反应也实在不足为奇。大伙儿精力没了，声音自然也就喑哑了。

"怎么回事？"一个声音传来。我们转身，看到谢克利船长。他看来跟大家没什么两样，头发散乱，衣衫不整。

我们一一让开，没有人开口。他走上前，一时间也是闭口不语，只是死盯着那具尸体。然后，他跪下，碰触死者的脸及颈背。

他犹豫了一会儿，接着拉开哈林先生缩在身体下的手臂。死者手里似乎握着什么，船长努力扳开他的手指，取走哈林先生握住的东西。

是我的手帕。

船长用那条手帕握住刀柄，从死者背上抽出那把刀。他站起身，直直望着我。

最后他转眼望向天空。这时天色再度暗了起来，海浪也开始升高。"暴风雨应该还有十五分钟才会到，"他宣布，"把这具尸体移开，摆到统舱里。其余的人利用剩下的时间，把甲板清理干净。强森先生那班的人去抽水机旁就位。哈林先生那班派两个人去掌舵，其他人可以回船首舱房待命。需要换班时我会再叫。好，快点儿行动！"

船长的命令在沉默中执行。杜罕和格林移开哈林先生的遗体,剩下的人或单独或数人一组,抱起桅杆船帆的残余碎片,扔进大海,并试着把还能补救的器材绑在甲板上。

我尽我所能,和大伙儿一起忙碌,心头一片混乱。没有人提到哈林先生的死亡。尽管事情离奇,但实在没有多余的时间和心情来讨论此事。

正如预料,过了十五分钟之后,暴风雨再度席卷而来,挟带着比先前更强大的怒气。不过,海鹰号如今只剩一根桅杆外加一面帆,比较适合冲出重围。

我急奔到第一货舱,抽水机就在那儿,由数个构造简单的水泵组成,每个都需两人以上才能操作。但我们只有四个人:格林、基奇、强森先生以及我自己,于是,我们四个人就在冰冷潮湿的黑暗中死命压着水泵,因为大伙儿的性命全靠它们了——事实上也的确如此。

海鹰号再度成为大自然手中的玩具。狂风怒吼,水流不止一次从上袭来,有时整个船偏向一侧,直叫人一颗心提到喉咙口。有一刻,船几乎在翻覆的边缘,可我们死压水泵的意志却越来越强。这个规律的动作好像变成了我们自己的心跳——好像我们如果停手一分半刻,船的心脏就会停止跳动似的。

工作意味着求生。我们工作了足足三个小时,才获准离开。

我前往船首舱房,和摩根、巴罗、费斯一道休息。摩

根四下搜寻他的烟草袋,但大多数的私人物品都流落四方且破烂不堪,即使完整无缺也被浸得透湿。他不禁喃喃咒骂起来。

"小子,很高兴你仍在呼吸吧。"费斯疲倦地说。

我简直冷到骨子里了,整个人疲惫不堪。倒入吊床想打个盹儿,双眼几乎还没闭上,做工的传令又来了。这次,我的任务是掌舵。船长也在那儿,从头到尾他都骄傲地死守舵轮。他命令大伙儿做这个,做那个,做任何能使船尾朝风前进的活儿。

巴罗,我的伙伴,接下了大部分的工作。握住舵轮需要强大的力量,虽然我很努力,但我的力气早已耗得一干二净了。

我冻得直发抖,简直凄惨无比。离开舵轮后,我又回到抽水机那儿工作。接着又从抽水机那儿返回船首舱房,然后再回去掌舵。重复来重复去,也许总共三轮吧,我忘记次数了。

最后,自第一次传唤后过了十七个小时,暴风雨终于平息了。筋疲力尽、全身发抖的我终于能返回吊床闭眼入眠了。快要睡着时,我忽然想起老查的出现及哈林先生的死亡。对死者的回忆提醒了我自己还活着。这份慰藉舒展了我的身心,没几秒钟我就沉沉睡去了。

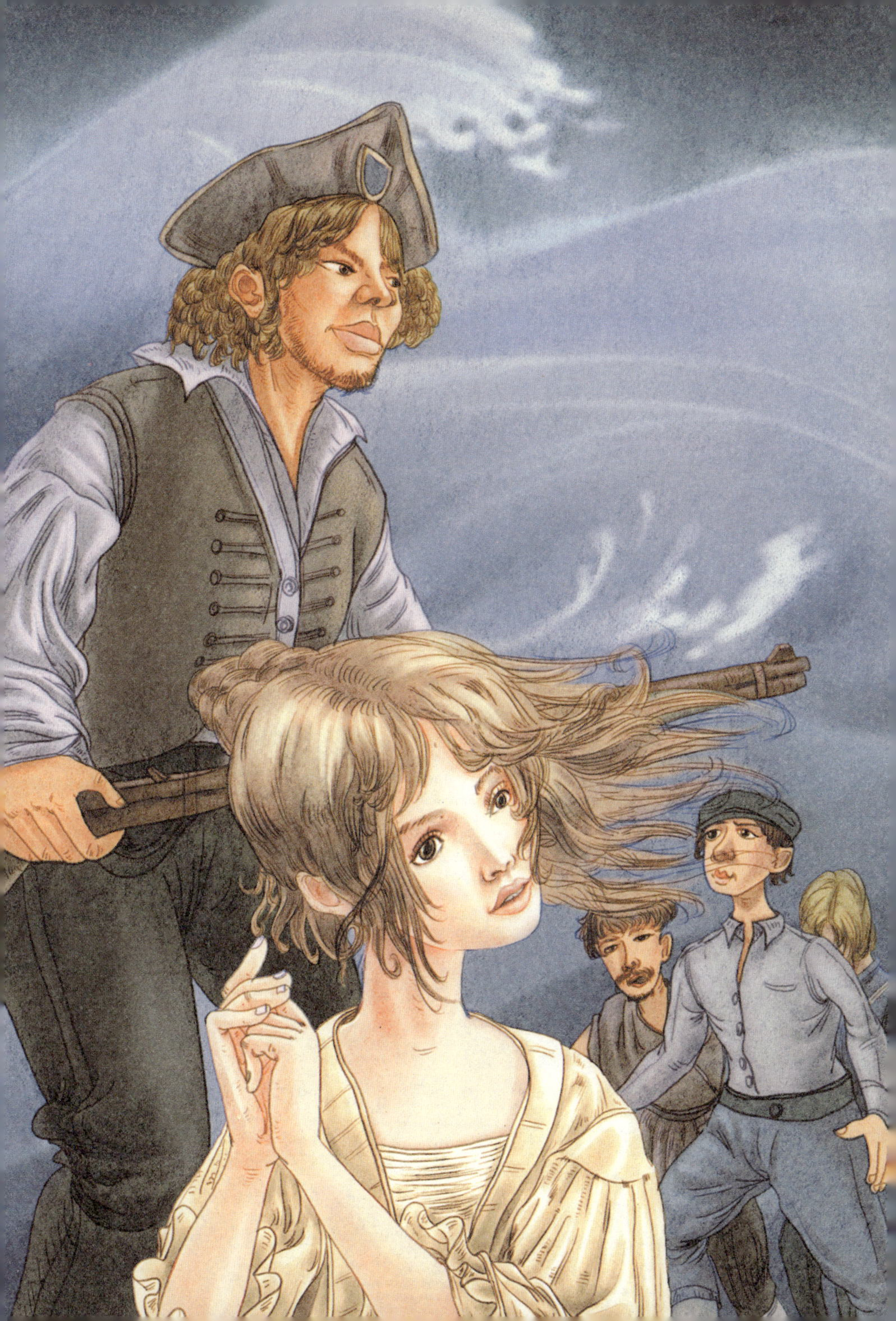

第十五章

我成了杀人犯

我睡了十四个钟头才醒来。如果我早知自己睡了这么久,我就会嗅出不对劲的气氛了。不论何种情况,准许任何船员睡那么久都是异乎寻常的。

然而,当时的我赖在吊床上不动,安心地假设——大概还没轮到我的值班时间。帆布帘子被绳索系住,合了起来……这是巴罗或尤恩才有的仁慈举动。船在航行时的熟悉声响使我身心舒畅。事实上,尽管衣裤依旧潮湿,身体疼痛难当,我仍在享受休憩,感谢上帝与老查,我仍在人世。

突然,我坐起身。老查死了啊!我亲眼目睹他被活活打死,没入大海的怀抱。是他的鬼魂救了我吗?我记得当时曾想到天使。是我的幻觉吗?是我自己编出来的故事吗?整桩事情有如船首舱房内流传的奇闻妙谈,我听水手们讲过无数次了。我从来就不相信。当时不信,但现在,除了奇迹降临之外,我还能怎么想?我告诉自己,这种想法真是荒谬极了。但那绝不是我的幻觉,我还记得

那人钢铁般坚固的臂膀。肯定是某个人帮了我,当然,是某个老查之外的人。但他是谁?

我的手从吊床上挪开,拉开帆布帘。只剩我一个人,我困惑万分,赶紧起床,从船首舱房奔向甲板。

我看到的天空是任何深海水手都梦寐以求的美景。暖和的日照,强劲平稳的西风,甲板上井然有序,暴风雨有如幻梦一场。前桅与船首斜桅上船帆全升,鼓足了风,唯有船尾甲板上嶙峋的主桅残干,能为过去二十四小时做个见证。

大伙儿在我入睡时完成了多少工作!我全然不知。

巴罗在。摩根在。佛力也在。现在执勤的是我的班。但为什么没人叫我?接着我发现两班人马都在甲板上。我看到尤恩和基奇在附近工作,就走向他们。

"尤恩,"我叫道,"基奇。"

两个人转过身来。尤恩并没有照往常一样致上轻快的欢迎词:"早安啊,小子!"他只是停下工作,瞪着我,皱起的眉头显示……我不知道。我不禁驻足不前,向基奇望去。只见他苍白瘦小的脸上带着一副兔子般的畏缩神情,跟尤恩一样,他也是什么也没说。

"为什么没人叫我?"我问。

"叫你?"尤恩呆呆地重复。

"轮到我的班了啊。"

他们一言不发。

"回答我啊!"

"雪洛,我们是奉命不叫你的。"尤恩叹气。

"奉命?奉谁的命?"

"我们不该说的,小姐……"基奇低声道。

"别称呼我小姐!"我怒气冲冲地嚷道,"你到底说是不说?"

尤恩迟疑地望着我说:"事情是……哈林的……谋杀案。"

我完全忘了还有这回事。

"这跟不叫我有什么关系?"我靠近了些质问。

尤恩跳起来直向后退,好像被吓着了。基奇呢,则是赶紧忙碌于他的工作中。

"发生了别的事对不对?"我心中的不安越来越浓,"到底是什么事?"

"是船长,小姐……"基奇开口。

"雪洛!"我愤怒地插话。

基奇用一只手捂住嘴,好像想让自己不作声。

"发生了什么事?"我锲而不舍,"你们到底要不要讲?这是秘密吗?"

尤恩润润唇,基奇似乎在躲避我的目光,但他开口了:"我们把哈林葬入大海时,船长告诉我们,是你……你……杀了他。"

我的呼吸停止了。"我?"我试着搞清楚。

"嗯,你。"

"谁会相信这种话?"我大叫,"我怎么做的?又为了

什么?"

"为了替死去的老查复仇。"尤恩轻声道。

我站在那儿,嘴巴大张。"但老查……"我根本不确定自己要说什么。

前任的二副转身望着我,眯紧了双眼。"老查怎么了?"他站直了身子问。

"他死了。"我软弱地说。

"彻底死了。"尤恩附和。

基奇迅速离开,尤恩起步跟随,我抓住他的手臂。

"尤恩,"我说,"你认为是我吗?"

"船长说那把匕首是你的。"他抖开我的手说。

"尤恩……我把匕首放在原来的房间。"

"船长说你肯定会这么说。"

我领悟到他话中的涵义。"你是不是相信他?"

他望着自己的手。

"其他人呢?"我又问道。

"你得问他们。"

我全身颤抖地走向加油站,打算找费斯问问清楚。但我又临时改变了主意——我该见的人应该是谢克利船长。

我转身向船长舱房走去。但还没走上五步,就碰见正准备走向船尾甲板的船长本人。我惊异地停住步。面前的男人已不像是航行首日站在船尾甲板上的谢克利船长了,没错,他虽然仍身着华服,但上衣却脏了,裂痕

片片,有一只袖口起了毛,一颗纽扣也脱落了。也许这只是些小细节,但对他这位精细并且要求完美的先生可就不然了。还有那道鞭痕,虽然已不再明显,可还是留下了一条细长的白痕,像是一抹持久而痛苦的回忆。

"陶小姐,"船长大声地向所有人宣告,"我指控你蓄意谋杀哈林先生。"

我向站着旁观的船员求助。他们才成为我的伙伴没多久。

"我没做那种事。"我说。

"别怕,陶小姐,你会有陪审团,成员是你的伙伴们。你还会有一场迅雷不及掩耳的审判。"

"你说谎。"我说。

"巴罗先生。"船长呼唤。他冷酷的双眼从未离开我。

巴罗拖着脚走向前。

"把囚犯关到禁闭室去。"船长递给巴罗一把钥匙说,"陶小姐,你的谋杀审判,将于本日第一轮薄暮班一声钟响时举行。"

"跟我来,小姐。"巴罗低声道。

我退后。

"放轻松些,雪洛,"他说,"我不会伤害你的。"

他的话多少让我安心了些,但安慰的话语仅此一句。

甲板中央的舱门已经大开,在众目睽睽之下,巴罗挥手命我进去,他尾随我爬下阶梯。

我们行经第一货舱,巴罗在那儿把提灯点亮,之后我们再摸索着爬进下层货舱,也就是船的最底层。自从头颅事件之后,这个地方我甚至连想都避免去想。就我双目所及(并不很远),这儿有如废弃已久的舱房,高大的木材和粗糙的铺板已然腐朽,长满了青绿色的苔藓。到处塞满了桶子与木箱,中间仅留下一道狭窄的铺板,供人通行。巴罗领我向前行,舱底乌漆抹黑,气味恶心扑鼻。

我在数英尺前看到了禁闭室,与其说是一个房间,还不如说是一个有门的铁笼。我可以看到一张凳子,一只盛放残羹剩饭的盆子,除此之外,别无他物。它的上一位住户可是可怜的卡拉尼?

巴罗打开门上生锈的扣锁,花了一番力气才拉开门。

"你必须进去。"他说。

我犹豫了。"你会留下灯吧?"我问。

"如果灯倒了,船上会起火的。"巴罗摇摇头说。

"但这儿会变成全黑。"

他耸耸肩。

我步入笼内。巴罗关上门,锁好。一时之间,我只能无助地站着,望着他离去。突然恐惧袭上我心头,我忙叫道:"巴罗!"

他停住,回身不安地瞥向我。

"你认为我杀了哈林先生吗?"

他考虑了一会儿。"我不知道,雪洛。"他的声调疲惫极了。

"你心中一定另有人选。"我叫道。当时我不只是想听他的答案,更希望他留在这儿别走。

"我不知道,我也不敢想。"说着,他迅速走向梯子。

我心灰意冷了,站在黑暗中一动不动。四周传来了海鹰号空洞的呻吟声,货物嘎吱嘎吱相互推挤,污水滴落,继而溅开,沙沙声不绝于耳,老鼠也在吱吱尖叫。

恐惧溢满我的心,我摸索到那张凳子,颓然一坐,安慰自己,这儿不会是我久待之地。谢克利船长保证说要在今日举行审判,但那会是一种什么样子的审判呢?老查的话在我的脑中徘徊不去,船长兼任行政官、法官、陪审团……以及刽子手。

我全身发抖,弯腰抱住膝盖,缩成一团。船员们若不支持我,我将很难证明自己的清白无辜,我很清楚这点。但他们似乎都背弃我了,所有不幸中最伤人的莫过于此。

我移动凳子,让自己靠着笼子后方的铁条,在黑暗中闭上双眼。我用手拢拢头发,但这个手势陡然提醒自己长发已经削短了。一刹那间,我捕捉到一抹自己的遥远影像——还没上海鹰号之前的我,这场纷扰不断的航行还没开始之前的我。那时相距现在,究竟是几天还是几年?

我沉思至此,一个不同的声音响起。起初我没理会。

但这个声音再度响起,缓慢而犹疑,几乎像人类的脚步声。我张大眼睛,望向黑暗。我又在幻想了吗?

声音越靠越近,我的心剧烈跳动起来。

"谁在那儿?"我大叫。

过了一会儿,我听到有声音问:"雪洛?是你吗?"

我翻身站起。

"你是谁?"我叫道。

拖曳的脚步声靠得更近了些,以示回答,然后忽然静止。如今我确定听到了缓慢的呼吸声。一丝火星爆开,一盏小灯亮起,出现在我面前的竟是老查衰老的脸。

第十六章

禁闭室

他的脸似乎飘浮在空中。我吓坏了,只能死盯着那双凹陷、空洞的眼眸,在明灭不定的光线下,那双眼看来确实如此。

"雪洛,是你吗?"是他的声音。

"你是什么人?"我努力开口。

那颗头靠近了些。"你不认得我了?"那声音说。

我张口结舌地问:"你是……"

"雪洛,你到底有没有在看我?"声音传来,语气比先前更加坚持。如今光源上移(一支小蜡烛),让我能看得更清楚。没错,是老查的身影,但若干悲哀的变化也降临到他身上了。他不但比以前更瘦小了,而且须眉也变灰了。

"你想做什么?"我缩进禁闭室最里面的角落质问。

"我想帮你。"那声音道。

"但你死了啊!"我轻声地说,"我看到了你的葬礼,他们把你用吊床包着,扔到海里去了。"

他轻轻地笑着说:"说差不多死了是真的,雪洛,但

没彻底死掉。来，碰碰我，自己试试看。"

我谨慎地移向前，伸出手，碰触他的手。真实的肌肤触感，还有温度。"那……那张吊床？"我惊疑地猜测。

他又笑了，说："是张鼓鼓的吊床没错，但我不在里面。这不过是老水手玩的把戏罢了。如果我落在谢克利手里，就只有死路一条了。"

"你就一直待在下层货舱？"

"从那时开始。"

我只能瞠目结舌。

"基奇每天替我送水、递食物，"他继续说，"当然没有我做得那么可口，但已够让我活命了。听着，雪洛，如果可怜的卡拉尼能藏起来不被发现，老查为什么不行？基奇是这样想的。"

"为什么没人跟我说？"

"我们决定不告诉你。"

"为什么？"

"你忘了，雪洛——你告过我们的密。"

"那是过去的事了，老查。"我整张脸烫了起来。

"完全正确。你的事迹不断传进我耳里，是年轻的正义灵魂。这点非常值得赞赏，我向你致敬。"

"我希望能替补你的位子。"

他微笑着说："我不是说过咱俩很像吗？预言成真！说真的，我没死，你高兴吗？"

"当然高兴。可是，如果我没在暴风雨那天看到你，

我们会再见面吗?"

"我不知道。"

"当时船长说不定会看见你呢!你为什么要上去?"

"与其待着等死,还不如上去,至少帮得上忙。"

"如果没你救我,我只有摔死的份儿了。"

"船员间本该互相帮忙。"

"但谢克利船长会怎么说?"我问,"他知道你在这儿吗?"

"唉,如果他知道我还活着,你认为他会让我多待一时半刻?你想他会吗?"

"我想他不会。"我承认。

"你在这儿就是足够的证据,可见他绝不知情。听着,我们还有希望,"他继续说道,"等到海鹰号抵达普洛维顿斯——据我所知,不很远了,到时你看,谢克利会把船员留在船上,好避免他们跟别人说话。但我就能下船了。下了船,我会去相关单位陈情,揭发他的所作所为。你觉得这个主意怎么样?"

我听着这项计划,尴尬刺痛我的心,逼得我转过身去。

"有什么不对吗?"

我内心的痛楚使我无法开口。

"告诉我。"他轻柔地劝慰。

"老查……"

"怎么样?"

"你是……黑人。"

"没错,但我们要去的罗得岛州已经不再蓄奴了。"他突然停住,"难道我搞错了?"

"老查,一个黑人,一名普通水手,作证指控白人长官……"我不忍心把话说完。

"噢,可是,雪洛,你不是告诉过我,你父亲在拥有海鹰号的那家公司任职?你提过啊。我打算找他陈情。你可以证明我这个人品德良好,你会替我作证吧?而且,他若像你一样,那就没什么好怕的了。"

不对劲的感觉爬过我的心头,我不知道该说什么,偷偷瞥了他一眼。"卡拉尼怎么了?"我问,"他死了?真的死了吗?"

"可怜的人,愿他安息。"他边说边摇头,陷入沉默中。

然后,他抬起头。"好了,好了,"他说,"净讲我自个儿的事儿了,该谈谈你。我看到巴罗带你来这儿,把你锁了起来,是你又向谢克利耍了什么花招吗?"

我不敢置信:"难道没人告诉你?"

"告诉我什么?"

"老查……哈林先生被谋杀了。"

"谋杀!"他大叫,"什么时候的事?"

"暴风雨那时。"

"没人跟我说。"

"怎么会?"

"我不知道。"他陷入沉思,甚至瞥了梯子几眼。然后,他突然转向我:"可这事跟你有什么关系?"

"老查,船长指控是我杀的,所以害得我被关在这儿。"

"你?"他再度显得惊讶万分。

我点点头。

"可是,雪洛,你当然没做这种事。"他上下打量我,"你有吗?"

"没有。"

"那就没什么好说了嘛。"

我摇摇头。"老查,"我继续说,"船员似乎都站在谢克利那边,他们认定是我。"

"我不敢相信!"他大叫。

"老查,这是真的。"

他疑惑地看着我说:"现在该轮到我问了——为什么呢?"

"谋杀的凶器就是你给我的那把匕首。"

"这算哪门子证据?任何人都可能从船首舱房拿走你的东西。"

"老查,我搬到船首舱房时,把匕首留在原来的房间了。"

"这样子的话,事情更跟你扯不上关系了啊。"

"他们不相信我把匕首留在那儿了。"

"雪洛,你又不像爱说谎的人。"他说。

"老查,当你初次见我时,你相信我能爬上桅杆吗?"

"不信……"

"我能冒着暴风雨攀爬船索吗?"

"完全不信。"

"对啦,所以说,为什么我不能谋害哈林先生?我敢打赌他们就是这样想的。"

听到我的话,片刻间他沉默不语,脸上乌云密布。但他没有多作评论,反而站起身说:"我储存了食物和水,我拿些过来。"他把蜡烛安放在木板上,步入黑暗。

看着他离去,想想他对我所言的反应,我困惑不已。虽然他看来着实吓了一跳,要说他一点儿不知道似乎不可能。望着他消失在阴暗中,一个可怕的念头开始在我脑海中膨胀。

也许是老查杀了哈林先生!

若有机会,他无疑会杀了船长。至于大副呢,老查杀他是想激起谢克利船长的恐惧吗?我对这个想法深恶痛绝。可是……我迅速地开动脑筋,开始构建整个阴谋的来龙去脉。

船员们都知道老查还活着,他们也会猜测到犯人就是他,但却不肯泄密。如今,由于船长指控我,他们被迫在我和老查(他们的老同志)之间做一个选择。他们如果决定维护老查,这也完全情有可原。

我还未能完全理清思绪,老查就回来了,手上还携着一罐水及一块硬面包。尽管面包粗糙不堪,我还是高

兴地嚼着。

"你想离开那儿吗?"他向我的牢笼努努嘴问。

"笼子锁住了。"

"船员对他的船可是一清二楚的。"他神秘兮兮地说。他探向笼子后方,取出两根铁条,我这才看清楚接缝处已经锈烂了。

"出来吧,"他说,"但一有人来就得赶快钻回去。"

我照办了。我们映着闪烁的烛光并肩坐下,背靠着一只大酒桶。

"老查,"我说,"船长说要让我接受审判。你认为他说的是真的吗?"

"他有权力如此。"

"如果他真的举行审判,结果会怎么样?"

"他会兼任法官与陪审团,并判你有罪。"

"然后呢?"我问。老查没有回答,我又说:"告诉我。"

"我不信他会过分到……"

"过分到吊死我?"

他的沉默是最好的答案。一时之间,我们两人都不吭声。"老查,"我说,"我必须知道,除了我以外,还有人在暴风雨中看到你吗?"

"有,我们还交谈了几句。"

"和谁呢?"

"有差别吗?"

"说不定。"

他思索着。"费斯,"过了一会儿,他说,"还有基奇。"

"这样说来,也许每位船员都知道你上来过。"

"是有这种可能。"他眉头猛地一皱,说道。

他读出我的心事了吗?

"老查,"我轻柔地说,"你的伙伴中,肯定有一个人杀了哈林先生。"

"雪洛,"他叹口气说,"对,他们每个人也许都有一个不错的理由。但听我说,我们必须先找出那个人,才能决定下一步该怎么走。"

我斜眼偷觑,试着读出他的心。可是我越发觉得凶手就是他,但我仍然没有勇气询问。

"把你知道的一切告诉我。"他说。

我把仅知的少数事情叙述给他听,从发现哈林先生的尸体到谢克利船长的指控。

我的话使他陷入更深的思索中。"雪洛,"最后他说,"那把匕首,你跟别人提过它在你手中吗?"

我回想往事。"你给了我那把匕首,没过多久,"我回忆道,"我就想还给你,记得吗?老查,由于你拒绝收回,我就把它拿给船长看了。"

"这又是为了什么?"他猛然回头问道。

"我怕它,我也怕你。"

"现在还怕?"

"不怕。但当时的我很怕。"

"你告诉他匕首是谁给你的吗?"

我摇摇头。

"轻易放过疑点,这不像他的作风。他向来不得答案誓不罢休。"

"我当时编了个答案。"

"他相信吗?"

"我想他信。"

"然后呢?"

"他说我应该留下匕首,把它收到床垫下。"

"那……你照着做了?"

"没错。"

"还有其他人知道你有那把匕首吗?"

"杜罕!"我努力思索后说。

"他怎么会知道?"

"我打算把匕首还给你时,就把它拿在手中。杜罕看到了,我确定他看到了。"

"如果他又告诉了别人,"老查大声说出自己的想法,"这样一来,恐怕船上没人不知道这码事了。"

他的话才说完,我就知道他是对的。但我又想到,老查也曾叫我把匕首收到床垫下。我转头时,发现他正在偷瞄我。

"老查,我没杀哈林先生。当时我正悬在船索上,而且,我爬船索之前,是船长自己给了我一把刀用,我身上甚至连刀都没有。"

"他给你的那把哪里去了?"

国际大奖小说

"弄丢了。"

他闷哼一声,既非肯定,也非否定。

指控他的话已经涌到我的舌尖。正当我动念之际,蜡烛燃尽了,黑暗似乎吞没了我的说话能力。

但老查却说个不停,有如一阵突然而至的惊人的狂风骤雨。他高谈阔论起船上每位船员的黑暗历史。他宣称他们每个家伙,都曾于某时某地涉嫌犯法。他们中间不单有一些小偷扒手,恐怕还有货真价实的重罪犯。

老查扯得越多,我越坚信他的闲扯淡是为了回避核心问题:到底是谁杀了哈林先生?随着这个问题越闪越远,我也越确定犯人就是他。

但我怎能指控他?船长如果知道老查还活着,他也就死定了!除此之外,船员们想让谢克利船长伏法的计划(需要老查帮忙)也就会跟着泡汤了。

难怪我问不出口,我根本不想知道答案!

某个声音吓了我一跳。我感到老查的手触碰我的臂膀。一道警讯!

一道光线注入黑暗。我可以看到甲板上的舱门被打开了,没多久,我们就听到爬梯子的声音。

我迅速退回禁闭室。老查火速把铁条回归原位,然后他拾起水罐,从我身边消失得无影无踪了。我不知道他去了哪儿。

我望向梯子,看到谢克利船长缓缓爬下。他手提一盏灯,皮带上插了一把手枪。

女水手日记　168

他爬到梯子末端后停了下来，四处环顾，似乎在侦察整个下层货舱的动静。最后，他走向禁闭室，举高提灯，细细打量着我，好似我是什么物品一般。他的脸上载满了我从未见过(之后也没有)的深恶痛绝，这种清晰、强烈的憎恨，衬着他零乱的外观(包括散乱的头发、肮脏的面孔，以及下颚颤抖的肌肉)，更使人感到他的威胁性。

他开口了："陶小姐，谋杀同船船员，谋杀长官，是一级重罪。违反该法律者，唯有吊死一途。容我向你说明，审判是全无必要的，因为证据已昭然若揭。我有权力不经审判就宣告你有罪。但我坚持你必须得到你所谓的'公平'。审判你的不会是我，我可不是笨蛋。审判你的人，是那些你一向视为知己同胞的家伙，你的船员弟兄们。"

说着，他解开笼子的扣锁，把门敞得大开。

"请吧，陶小姐，你的审判即将开始。"

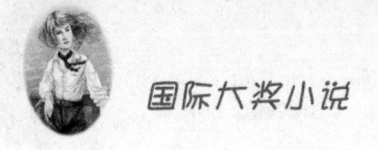

第十七章

审 判

　　我自黑暗的货舱走上甲板,明亮的阳光,耀眼的蓝天,以及圆滚滚的雪白云朵顿时映入眼帘,使我不得不遮住双眼。尽管海鹰号在极轻柔的海浪间缓缓摇晃,我却自觉双腿似要瘫软。因为,当我有能力四处张望时,我看到了船长为我准备的法庭。

　　就在中部甲板的右舷侧,他把船员聚集成两排,一排坐在甲板上,其余的人站在这一排后面。他们面前,通往货舱的中央舱门上,摆了一张椅子。船长催促我走过船员身边(没有任何一个肯正眼瞧我),指示我坐在那张椅子上,他说那就是临时的被告席。

　　而他呢,就坐在船长舱房舒适的扶手椅上(那把椅子高置在船首甲板的栏杆后),并用枪托尖锐地敲击栏杆。

　　"我宣布,这场即将召开的审判完全是依法行事。"他说,"本来我已拥有了不利于被告的压倒性证据,完全可以不开庭审判就定罪。但正如我向陶小姐保证的,我以

我的慷慨使她享受到了额外的优待。"

说着说着,他拿出他的《圣经》。虽然才刚坐下,他却猛地又站起,带着《圣经》向船员走去。他首先走向费斯。

"把你的手放在上面。"他命令道。

费斯遵命行事,但他显然烦躁不安,碰触《圣经》的方式有如那是一个烫手的盘子。

"费斯先生,"船长一字一顿,"你发誓要实话实说,绝无虚假隐瞒,愿上帝助你开诚布公?"

费斯犹豫了,他迅速瞥了我一眼。

"你发誓?"谢克利船长催促。

"我发誓。"费斯最终以一声低语作答。

从他们脸上流露出的凝重,从他们紧张的身体晃动与下垂的视线中,我清楚地知道,被迫发誓让这群人极度不安。他们无法对《圣经》嗤之以鼻。

但我确定他们都深信(我也一样)那起谋杀案的犯人是老查,他们与藏在下层货舱的伙伴是同谋,他们的忠诚肯定会向着老查,而不是我。他们会实话实说的,但前提是要保护老查。我怎么可能反对?

谢克利船长让船员发完誓,就走向我。我也把手放在他的《圣经》上,我也发誓要实话实说,虽然我知道自己不会完全吐露实情。

立誓仪式完毕,船长回到原位,再次用枪托敲击栏杆。"请被告起立。"他说。

我站起身。

国际大奖小说

"在本法庭审判之前,"他继续说,"我,谢克利,根据身为海鹰号统帅所拥有的法定权力,控告你,陶雪洛,蓄意谋杀英格兰朴次茅斯海鹰号前大副哈林。陶小姐,你有何辩词?"

"谢克利船长……"我试着抗议。

"陶小姐有何辩词?"他严肃地重复。

"我没有杀人。"

"所以你辩称无罪。"

"对,无罪。"

"陶小姐,"他唇边带着一抹淡淡的微笑问,"你是否想收回当船员的声明?换句话说,你是否想躲在令尊的名号下,借此避开这些人的审判?"

我稍微转身,以便仔细审视那些船员。他们都死死地盯着我,但并无任何想援助的意思。尽管我嗅出了这个问题中的陷阱,但仍恼怒在我最需要他们之际,他们却弃我于不顾。

"陶小姐,你到底想不想接受这些人的审判?"

"我信任他们。"我最后说道。

"你打算指控别人犯下了这起谋杀案吗?"

"不。"我说。

"让我们这样说好了,"谢克利宣布,"被告坚持要接受本法庭的审判,除此之外,她又不打算指控别人犯下此罪行。"他一边说着,一边把航海日志摊在膝上,以手执笔,记下我的话。

女水手日记 172

写完后，他抬起头来说："陶小姐，你同意哈林先生是被某人所杀吗？"

"我同意。"

"海鹰号上的人？"

"应该如此。"

"没错，凶手是本船上的人，而此刻你是唯一被起诉的人。"

"起诉我的是你。"

"但是，陶小姐，本庭给了你机会，可你又不指控别人。"他显然将这个问题视为了本次审判的要点。

我当时能回答的只有："是的。"

船长在日志上做着记录，然后他的注意力转向船员。

"在场有人想为嫌疑犯辩护吗？"他问。

我转向那群我开始视为朋友的人。尤恩、巴罗、费斯……竟然没有任何一个人肯望向我。

"没有人吗？"船长嘲笑地问道。

一阵静默。

"很好，"船长接着又说，"陶小姐，看来你必须自己为自己辩护了。"

"他们怕你。"我说，"他们不肯发言，是因为……"

"陶小姐，"他插嘴，"身为本船之长，难道我没有权力和责任调查是谁使用了这把刀子，理由又是什么吗？"

"你有，可是……"

他再次插话:"我要的只是真相,难道还有别的?"

"不……"

"这起谋杀案是由船上某人所为,这是毋庸置疑的。难道你想暗示是别人干的?"

"不是,但……"

"陶小姐,虽然他们没人肯挺身替你辩护,但他们都发誓要实话实说。你还能要求什么?"

我只得报以沉默。

"很好,我们可以开始了。"

他靠向扶手椅,航海日志仍摆在膝上,笔握在手里,手枪随时待命。"我们都同意哈林先生是被谋杀的。在场有没有人认为杀人凶器除了这把刀之外,尚有他物?"他举高那把匕首问。

无人发言。

船长继续说道:"现在让我们找出它的主人。陶小姐,你认得这把刀吗?"

"谢克利船长,我把它留在……"

"陶小姐,"他重复,"你认得这把刀吗?"

"谢克利船长……"

"这把刀难道不是杀害哈林先生的凶器吗?"

"它是。"

"很好,"他说,"我再问一遍,你认得这把刀吗?"

"那是老查给我的。"

"查先生?"他装出惊讶的神情说。

"对,不过开船没几天,我就把它拿给你看了。"

"但你拿给我看时,"他迅速接话,"我问是谁给你的,你当时怎么说的?"

我一言不发。

"你当时告诉我那是利物浦的葛拉米先生给你的。我说得对不对?"

"谢克利船长……"

"回答我的问题,对还是不对?"

"对。"

"你的意思是说,自己当时撒了谎?是或不是?"

"是,"我转头向船员们求助说,"但我只是不希望老查受到伤害。"

"不论你找什么借口,陶小姐,你承认你向我说了谎。"

"没错,"我被迫说道,"可当时你对我说应该留下那把刀。"

"我确实是这样说的。你留下来了,是不是?"

"是。"我察觉到他的气势已胜我一筹,郁郁不乐地说。

他转向船员们问:"无论何时,你们哪一个人曾看过这女孩拿着这把刀?"

那群人不安地骚动起来。

"拜托,绅士们!"船长吼道,"这里是法庭,你们每一个人都必须实话实说,你们向《圣经》发过誓了。我再问一次,你们哪一个人看过这女孩拿着这把刀?"

国际大奖小说

船员们的视线似乎除了船长之外,哪里都瞄过了。我注意到杜罕正在搔着自己的颈背。

船长也看到了。"杜罕先生,"他尖锐地点名,"你是否有话要说?站出来,先生。"

杜罕笨拙地移向前。

"你有什么话要说?"

"我看到她拿着那把刀子,长官。"

"什么时候的事?"

"升帆后不久。"

"谢谢,杜罕先生,我为你的直言不讳而鼓掌。好,还有别的人看到她拿着那把刀吗?尤恩先生?"

尤恩所言与杜罕并无二致。经过催促后,佛力也这样说。强森先生也是。

船长身子前倾,靠在栏杆上,显然听得津津有味。"哪一个人没看过她拿着那把刀?"他冷冷地说。

没人说话。

"我想指出,"他说,"一个女孩拿着刀是多么不合常理的事。"

"你没有理由称之为不合常理。"我反对,"你自己也给了我一把!"

"我有吗?"

"有,暴风雨的时候。"

"我为什么给你?"

"为了切断船索。"

女水手日记　176

"当然,那时是紧急状况。但是请问,你为什么在非紧急状况下,还带着一把刀?"

"为了保护自己。"

"保护自己?谁要伤害你?为什么要伤害你?"

我担心他设下陷阱,没有立刻回答。

"什么人要伤害你?"他咄咄逼人,"有人威胁你吗?他们之中哪一个?"

"不,不是他们。"

"那是谁?说出来。"

"你。"

"怎么会?"

"你打我。"

"陶小姐,我的确会打船员,这可说是家常便饭。"他转向那群人,"你们哪个认识不常打水手的船长?如果认识的话,现在给我说出来!"

没人说话。

船长又转向我说:"但他们曾用刀子来攻击过我吗?陶小姐,这就是你的建议?船员难道能用武器来攻击他们的船长吗?"

他一连串的发问再次使我思维混乱。

"除此之外,"他补充说,"航行第一天,那把刀就在你手上了。当时你认为我会打你吗?"

"不认为,那时我相信你是一位绅士。"

"所以说,陶小姐,早在你我相见之前,这把刀就在

你手上了,对不对?"

"对。"我承认。

船长的微笑带着显而易见的满意说:"总而言之,这把刀显然是你的。大家都看到你拿着它。你也承认一切。"

他又转向船员们继续说:"除了航行刚开始的那几天,你们有人看到她手上拿刀吗?如果有,请站出来。"

格林站了出来。

"噢,格林先生,你有话要说。"

"不好意思,长官,我看到了。"

"怎么一回事?"

"我教她如何使用刀子。"

"教她如何使用刀子?"船长故作威严地重复一遍。

"是的,长官。"

"什么时候的事?"

"暴风雨之前。"

"她学了吗?"

"是的,长官。"

"她学得好吗?"

"哎,好得让人不敢相信。"

"格林先生,我问你,你听过别的女孩想学刀子的用法吗?"

格林犹豫了。

"回答我。"

"没听过,长官。"

"你难道不认为这是不合常理的?"

"长官,我不知道……"

"同意还是不同意?"

他抱歉地垂下头说:"同意。"

"又是不合常理!"船长大声宣布,"哈林先生是在飓风中被杀的。暴风雨时,有没有人在甲板上看到过这女孩?"他望着船员们,"有人看到吗?"

人群中传来几声"有"的低语声。

"巴罗先生,我想请你说一下,陶小姐当时在干什么?"

"她跟大家待在一块儿,长官,做她该做的工作,就跟其他人一样。她也做得好极了。"

"做她该做的工作,就跟其他人一样。"船长以嘲笑的口吻重复了一遍,"巴罗先生,你不是年轻小伙子了,你航海这些年来,见过女孩担任船员的职务吗?"

"没有,长官,我从没见过。"

"所以说,这是不是很少见的事?"

"我想是吧。"

"你想是吧。你的意思是——不合常理?"

"这不公平!"我大叫,"很少见并不等于不合常理!"

"陶小姐,你有异议?"

"我的所作所为绝非不合常理!"我坚持。

"陶小姐,请问,你听说过女孩当船员吗?"

我自觉被抓到小辫子了。

"你听说过吗?"

"没有。"

"看啊,连你都承认这点。"

"没错,可是……"

船长转向船员们问:"你们有谁听说过哪个女孩敢做咱们陶小姐做过的事?"

没人说话。

"好,现在站在我们面前的女孩,她承认那把杀害哈林先生的凶器为她所有,她对那把刀的来历说了谎,她曾被教会如何使用刀子,依照格林先生的说法——好得让人不敢相信。而且大家公认,她这个女孩的每一个行为都是不合常理的。绅士们,我们身为万物之灵的人类,难道不应该睁大眼睛去关注这一切?维护世间的自然秩序,难道不是我们应尽的责任与义务?"

他再次转向我。"陶小姐,"他说,"查先生是你的朋友?"

"最好的朋友。"

"他怎么了?"

"他被鞭打。"我低声说。

"然后呢?"

这次,我无声地向船员们恳求援助。他们也都正面注视着我。

"我在问你问题,陶小姐,查先生怎么了呢?"

"……他死了,"我轻声道,"被鞭打致死。"

"谁鞭打他的?"

"是你,你毫不留情地打他。"

"还有其他人吗?"

"哈林先生。"

"哈林先生。查先生为什么会被鞭打?"

"没有任何理由。"

"没有理由?他难道没有参加叛变?"

"他有权利……"

"有权利叛变?"

"没错。"

"你自己,陶小姐,如果我没记错,你当时怕得要命,跑来通知我叛变即将发生。查先生是其中一员。但你又认为鞭打他是不公平的?"

"你打算杀死他。"

"所以你很恨我。"

"没错,"我宣称,"理当如此。"

"你也恨哈林先生?"

我沉了一会儿,答道:"没错。"

"查先生对你来说是一位特别的朋友,是不是,陶小姐?"

"是的。"

"一个黑人。"

"他是我的朋友!"

"所以,他得到了应得的惩罚,这让你于心不安。"

"那不是他应得的。"

"谋杀是不合常理的行为吗,陶小姐?"

"是的。"

"你的服装是不合常理的吗?"

"考虑到我的工作……"

"你的工作是什么?"

"船上的水手。"

"一个女孩来当水手,这难道不是不合常理?"

"是很少见,"我坚持,"但并非不合常理。"

"你的头发?"

"披着长发让我无法工作!"

"工作?"

"我是船上的水手。"

"不合常理。"他说。

"是很少见。"我说。

"所以说,陶小姐,我们对你的结论出来了,"船长步步紧逼,"一个不合常理的女孩,服装不合常理,行径不合常理,还拥有那把杀害哈林先生的刀。你也很讨厌哈林先生,因为他鞭打了你那位黑皮肤的特别朋友……"

"你把一切都说得好像很真实,但实情并非如此。"我大叫。

他转向船员们,问:"有人想替这女孩说几句话吗?"

没人说话。

"陶小姐,"他说,"你有话要说吗?"

"我父亲……"

"陶小姐,"船长叫道,"开庭之前,我给过你机会,允许你躲入令尊的保护之下,可是你当时拒绝了!"

我只能悲惨地垂下头。

他又转向船员们问道:"有人想替这女孩辩护吗?"

没人说话。

"陶小姐,"他说,"你还有话要说吗?"

我只能悲惨地摇摇头。

"很好,我要宣布判决结果了。"

他站起身当众宣布道:"身为海鹰号的一船之长,我宣判这个不合常理的女孩陶雪洛有罪,她谋杀了哈林。"

他最后一次转向船员们问:"哪个人对我的判决有异议?"

没人说话。

"陶小姐,"他对我说,"你最后还想为自己说什么话吗?"

"我没杀他!"

"陶小姐,摆在眼前的事实可跟你说的不符。我还要通知你,对此种罪行的惩罚是把脖子吊在帆桁端上。二十四小时内,你会被吊起来,到死为止。"

说完,他用枪托在栏杆上重重一击。

审判结束了。

第十八章

谁是凶手

谢克利船长不再多言,他领我回到下层货舱,把我锁在禁闭室内。我背对着他,但我相信他站在那儿,透过提灯阴森森的微光观察了我一会儿。接着,他离开了。我听到了他离去的脚步声及梯子的吱嘎声,光线逐渐消逝,货舱再度陷入完全的黑暗。我重重地跌坐到凳子上,即使四周一片漆黑,我还是闭上了眼。

一个声音惊动了我,我睁开眼,看到老查手握一根蜡烛站在我面前。

他安静地绕过禁闭室,拿开铁条。我爬出牢笼,紧挨着他坐下,背脊一同靠着一只大酒桶,小蜡烛在我们面前闪烁着。我告诉了他所发生的一切。他听后一言不发,偶尔点点头。

等到陈述完毕,我已是泣不成声。老查也随着我哭了,一直到我擤完最后一把鼻涕,他才问道:"他给你多少时间?"

"二十四小时。"我轻声道。

"雪洛，"他温柔地说，"他不会做得那么狠。"

"他言出必行，"我尖厉地说，"你自己也说过的。而且他让所有船员为他的审判发誓。他就是那么小心，又一丝不苟。"我咽了一口唾沫，忆起船长曾用这个形容词来描述自己。

"我听不懂这个词儿。"

"就是一切都管得规规矩矩的意思。"

"噢，他那样做是没错的。"老查摸摸下巴残留的胡楂儿说。

"都没有人为你说话?"他问。

"没有。"

"这真把我搞糊涂了。"他摇摇头说。

我抬头看他。"是吗?"我的怒火首次转移到他身上了，"为什么?"

"他们难道没跟你交成朋友?"

"我没有朋友。"

"雪洛，你不该说这种话。一开始我就跟你说了，你和我是一道儿的。"

我猛摇头，想甩掉那段回忆。

"怎么啦?"他试着对我的反应一笑置之，"咱俩不是朋友吗?"

"老查，"我冒出声，"我会被吊死!"

"你不会。"他做出否决的手势说。

"你怎能如此确定?"

"我不会让他这么做的。"

"你?这样一来,你就会暴露,那你向当局上诉的计划岂不就泡汤了?"

"计划可以放弃。"

"在历经千辛万苦之后?"

"没错。"

"我不相信你!"

"雪洛,你为什么会这样说?"

我一声不吭。他又说:"雪洛,雪洛,你的心中还埋藏着某件事,某件痛苦的事。你必须说出来。"

"别指挥我该做什么,不该做什么!"我叫道,"那是谢克利的作风!"

"原谅我,我这个老黑人谦卑地请求你。请告诉我,你在烦恼什么。"

"老查,"我冲口而出,"你没有实话实说。"

"请你解释清楚。"他转身仔细盯着我说。

我退回禁闭室里。

他靠近了些,脸庞紧抵着铁条。"雪洛!"他坚持,"我现在诚心恳求你,请告诉我,你在想什么。"

"老查,"我眼泪又冒了出来,"我知道是谁杀了哈林先生。"

"既然如此,为何你不大声说出来,好让我听个明白?"他尖锐地说。

"我在等他自己说出来。"我回答。

他叹了一口气说:"陶小姐,老水手的俗话说:恶魔会打任何结,除了自己的绞首套。那水手为了保护自己,是不会说的。所以,你保持沉默未免太笨了,我拜托你,你到底认为是谁干的?"

我抿紧嘴唇。

"陶小姐,"他说,"你若想挽救自己的性命,就必须告诉我。我试着要帮你,但不明白你的心思,实在无法着手。你有几条路可选,陶小姐。我该把话挑明吗?你是喜欢脖子吊在桅桁端上晃来晃去?还是希望重获自由身?你要什么,陶小姐?"

"活着。"

他叹息道:"那就快说啊。"

"查先生,"我渐增的疲惫袭上心头,"我已经说了,我希望那人能自己承认。"

"绝无可能。"

"显然如此。"我苦涩感越来越浓地说。

肯定是隐藏在我声音中的某种东西惊动了他。他审慎地打量着我问:"陶小姐,你为什么要称呼我查先生?"

"你也称我为陶小姐,同样的理由。"

他把头偏向一侧,我可以感觉到他在注视我。我鼓起勇气回视他片刻,但没多久就移开了视线。

他说:"雪洛……你在怀疑我,我说得对吗?"

我点点头。

"看着我。"

我照办了。

他又叹了一口气说:"难道你真的认为是我杀了哈林先生?"

我沉吟了片刻,坦白道:"没错。"

"为什么呢?"

"老查,"我叫道,"当时你人在甲板上,你有充分的理由希望他死。而且,你很清楚我把匕首收在哪里,因为我跟你提过。我猜想刺杀船长会让你更快意些,但刺杀大副效果也不错。没人会知道,不是吗?谢克利更不用说了。"

"我确定其他船员也都是这样想的,"我加快语速,"所以他们才不肯为我说话!他们是要保护你,老查,他们向来如此。我实在无法怪他们!"

我瘫坐到地板上,开始啜泣。

好一段时间,老查一言不发。他越久不出声,我就越相信自己点出的是真相。

"雪洛,"最后他说,"既然你是这么想的,之前为什么不说?"

"因为,你是唯一一个——你自己告诉我的,我也相信你——你是唯一一个可以在抵达普洛维顿斯之后溜下海鹰号的人,唯有你可以向相关当局陈诉谢克利船长的恶行!"

"这就是你不吐一字的原因?"

"没错。"

"你的荣誉心使人敬佩。"他静静地说。

"我才不在乎什么荣誉心,"我宣告,"我宁可好好儿活着!但至少你可以告诉我实情吧。"

他犹豫片刻,然后说:"雪洛,你说得并不正确。"

"我不认为自己知道一切……"

"雪洛,"他无比严肃地说,"我没有杀害哈林先生。"

我怀疑地盯着他。

"雪洛,"他继续说,"我们相信彼此,就能活下去;不相信彼此,只有死路一条。"

"我想相信你,"我告诉他,"我真的想。"

我跌坐到凳子上,有好长一段时间,我们谁也没开口,似乎已无话可说。然后,我心灰意冷地说:"老查,有时我认为一切都是谢克利搞的鬼,他让你我互相责怪对方。可是你又说他不知道你还活着。"

他身体一震,催问道:"你再说一次。"

"说什么?"

"最后一句。"

"他不知道你还活着?"

"对。"他从禁闭室旁走开,随即坐下,心情完全改变了。过了一会儿,他喃喃说道:"雪洛!"

"怎么了?"

"暴风雨那天,我上甲板——谢克利看到我了。"

我渐渐了解他在担心什么了。"老查,你是在跟我说,船长知道你还活着,却不采取行动?"

"没错。"

"他什么时候看到你的?"我问。

"我说过了,暴风雨那天,我在甲板上,正打算爬上主桅。"

"在你帮我之前,还是帮我之后?"

他想了一会儿说:"帮你之前。没错,当时我被风吹得弯腰驼背,却听到有人在争吵。刚开始我还搞不清楚是谁,随后我看到了谢克利船长和哈林先生。他们在吵架,吵得不可开交。我听到哈林先生指责船长故意带领海鹰号进入暴风圈。谢克利船长气疯了,我想他快要一拳揍过去了。接着大副跑开,船长就在此时转向我。起初,他认不出我,只是咒骂不休……就跟我一样。后来……"

"他做了什么?"

"什么也没做,他只是呆住了似的瞪着我瞧。当时暴风雨越来越强了,他还没能做什么或说什么,我就奔向了前桅,就在那儿,我碰巧帮了你一把。"

"暴风雨过后,没有任何风吹草动,你难道不起疑心?"

"雪洛,你自己跟我说啦,我去桅上救你时,你还以为我是孤魂野鬼,或者是天使。想想谢克利,如果说,世上有人心中隐藏的罪行足以惊动七大洋的亡灵,想必就是他吧。暴风雨之后,什么动静也没有,我就确定他准是这么想的:他把我当成鬼魂了。他放着我不管就是最佳

证据。要不然该怎么解释?所以说,我是安全的。"

我透过铁栏杆望着他,试着吸收他方才输出的全部信息。"老查……"我缓慢地开口,试着理清自己混乱不堪的思绪,"审判当时,他特别问了我一个问题,他问查先生怎么了。"

"你的回答是……"

"我说你死了,好瞒住他。可是老查,如果他真认为你还活着,他也许会猜想我们大家都知情。他甚至会跟我一样,猜想是你杀了哈林先生,但他却一字不提。"

"这样才好把罪过推到你身上。"

"唯有先解决掉我,他才好对付你。他没有别的路可走,因为他怕我会向当局陈情,我曾这样威胁过他。你觉得,他知道是谁杀了哈林先生吗?"

"搞不清楚。"

"但到底是谁呢?"

老查陷入沉思中。"在暴风雨中杀掉一名帮手?当时可是正愁没人用的时候呢,这实在需要某种程度的……疯狂。"他最后说道。

"这么说来,"我问,"可能是谁呢?"

我们互相对视,我明白了。

"是船长,"我说,"铁定是他杀了哈林先生。"

"雪洛,"老查质疑,"哈林先生可是谢克利唯一的朋友……"

"是啊,一般人都以为他们是朋友,没人会想到谢克

利船长是凶手。但是你曾告诉我说,他们以前从未一同出过航。而且,我也从不觉得他们之间有什么友情可言,你觉得呢?"

"我也不觉得……"

"你说他们争论,"我继续说,"我也看见过。暴风雨当时,你甚至以为谢克利船长会伸手揍哈林先生,只因哈林先生指控他。"

"指控他蓄意进入暴风圈。"

"这项指控严重吗?"

"上面的人会老大不高兴的,可是杀人……"

"老查,他看到你了,他知道你还活着,他了解其他船员想必也知道。对他来说,我是威胁,你也是。如今,冒出个哈林先生,又是一大威胁。可是,一旦他杀掉哈林先生,每个人都会认为是你犯的案。"

"但他指控的是你啊。"老查说。

"看看他的心计有多深!"我叫道。

老查向黑暗望去,然后慢慢说道:"船员们为了保护我,只好一声不吭,眼睁睁地看着他吊死你。"

我补充他的话:"一旦解决掉我,老查,接着……就轮到你了。"

老查再度陷入沉思。我听到他喃喃地说:"愿上苍保佑我们……"

新的发现掀起的兴奋浪潮消退了,我们安静地坐着,直到蜡烛燃尽。

"我们能做什么呢?"我悲惨地问道。

"雪洛,我们必须逼他承认一切。"

"他太强了。"

"没错,如果他手中有枪,你却赤手空拳,根本别想叫他吐出半个字。"

"你的意思是……"

"雪洛,想想从前大伙儿发动叛变的事。你当时去过他的舱房,对不对?你一定看到过那个摆满了毛瑟枪的铁质保险箱。但是,枪支实在不太可能拿得到手,因为没人知道他把钥匙放在哪里。"

我倾身碰碰他的手臂。"老查,"我说,"我知道。"

第十九章

另一场革命

我迅速爬出禁闭室,急忙向老查描述当时发生的一切:我告知谢克利船长圆形陈情书的事后,他从他女儿的肖像画后头取出一把钥匙,用它开启了放枪的保险柜。

"我从没想过去搜那儿。"老查闷哼一声说。

"你搜过?"

"当然啦。如果我们从前能搜出那把钥匙,还有那堆枪,我们早就能逮住他了。我可以向你担保,如今情况仍是如此。"

兴奋的浪潮流过我的身体。"现在有谁能进入他的房间?"我问。

"我不清楚,"老查说,"但你可以去啊。"

"我?"

"你知道钥匙确切的地点,不是吗?"

"照理说,我应该被锁在这儿的!"

"没错。"

"老查,"我叫道,"这真是太疯狂了,万一他逮到我该怎么办?"

"就是再糟也不过如此吧。"

我看出了这种诡异的逻辑,又问:"就算我拿到了钥匙,又能怎么样?"

"假如谢克利手上少了毛瑟枪,船员就能揭竿再起。"

"如果变成他们手上有枪呢?他们会怎么做?"

"我也不知道。"他承认。

"我不希望再有人丧命。"我说。

"把钥匙给我,雪洛。其他人会跟随我。"

这项计划的可怕程度使我却步了。"你打算怎么进行第一步?"我又询问道。

"雪洛,如果他想逮的是我,他自然打算除掉咱们两个人。假如你不幸失败了,我仍有机会试试。"

"试试?"

"雪洛,我只能这样承诺。"

我思索着他的理由,然后我说:"老查,你说船员会下来送饭?"

"是啊。"

"等到你告诉他们杀害哈林先生的不是你,也不是我,而是谢克利船长自己动的手,到那时我再行动,对我来说,就会安全多了。"

"我懂你的意思了。"

"他们什么时候会来?"

"可以来的时候。"

"老查,"我提醒他,"他只给我二十四小时。"

"回那儿去。"他指指禁闭室,站起身来说,"我会找到人的。"

我退回笼子。他摆好铁栏杆,并在我伸手可及的范围内放下一根蜡烛及火绒箱。我听着他在黑暗中移动,直到我感觉不到他为止。

黑暗就是这样:它让人顿失时间与空间感。无依无凭使我得以沉溺于对过去的种种回忆中,打从我随那古怪的葛拉米先生登上利物浦码头开始,似乎已过了百万年之久,但实际上只是转瞬之间的事。我不禁为自己的所作所为感到几分骄傲。

也许是因为老查提到了我父亲吧,出来这么长时间,我首次想到自己真正的家,在罗得岛普洛维顿斯的家。尽管我对那里的房子只有淡淡的记忆了(我六岁就离家了),但是对父亲、母亲、弟妹的思念却非常鲜明强烈。

我的身体微微颤抖(因为对我而言,好一阵子没想念家人实在是很奇特的),并开始编织要向他们描述的精彩内容——当然,前提是我还活着。我生动地想象着自己讲述那些冒险经历,他们则聚在一块儿,全神贯注且崇拜地聆听着,满脸惊讶但深深以我为荣。虽然只是期盼而已,我的心却涨满了骄傲。

某人靠近的声音响起时,我仍沉浸在美梦中。我不

知道那是谁,赶紧退到禁闭室的后部,屏息以待。但是,我立刻就听到有人叫:"雪洛!"

那是老查的声音。

"给我们照点儿光。"他低声耳语。

我向前摸索,找到火绒箱,没一会儿就点亮了蜡烛。老查在,他的身边还跟着基奇。

打从我第一眼看到基奇(也就是从我上海鹰号的第一天起),我就没喜欢过他。他太紧张,太不稳当。老查带来的竟是他,实在令我放不下心。

"陶小姐,"他一边走近,一边以他特有的紧张模样死盯着我说,"很高兴见到你。"

"我也是。"我勉强回答。

接下来是一场奇怪的作战会议。老查一开始就点明,杀害哈林先生的既非他,也不是我。

"那是谁呢?"基奇着实给吓了一跳,问道。

"谢克利船长。"我迅速接口。

"你的意思是……为什么?"他不解。

我们说出了理由。

基奇专注地聆听着,偶尔以惊疑的眼光扫扫我或老查,但仍点头接受一切。"难道他会杀害他自己的船员?"最后他用力甩了甩头,嗫嚅着。

"你怀疑吗?"老查问。

"我不怀疑你。"基奇跟他说。

"那我呢?"我问。

他似乎迟疑不语。

"就我看来,"我说,"审判时,大伙儿之所以不愿帮我一把,是因为大伙儿认为杀害哈林先生的人是老查。"

"没错,"基奇说,"我们讨论过这点。老实讲,当时说我们欠老查比欠你更多的人,就是我。你懂吗?"他说,"他是我们多年的忠实盟友。"

我向他保证我懂,并声明我并不怪他们。

"你知道,"基奇继续说,"我并不属于偏袒你那一方的人,我跟老查不一样。我也承认,我一直不希望你上船。记得你刚来时,我就这样告诉你了。"

我点点头。

"但你却一次又一次地证明我错了。"他下结论,"现在你大可放心,我会比任何人都信任你的荣誉。"说完,他把手伸向我。

基奇的支持使我松了一口气。也许我一直都错怪了他,我想。

此时此刻,他和我像老水手一样紧握着手。我觉得多日来沉重的压力至此被卸下了。

基奇带来的消息十分要紧:根据船长估算,我们距离普洛维顿斯只剩下几天的航程,因此,吊死我便成了当务之急,船长限定二十四小时的期限,道理即在此。

基奇赞成老查的提议,认为,如果我们能从船长手中夺走枪支,并据为己用,那么新的一场叛变就可以轰轰烈烈开场了。"可是,"他又警告说,"他把那些枪锁了

起来,钥匙也只有他自己知道在哪里。"

"我知道他藏在哪里。"

他惊讶地转过身来。

"在哪里?"

我告诉了他。

"你打算去拿?"

"没错。"

他轻松地吹了声口哨儿。"他大多时候都窝在船长舱房里。"他说。

"你必须想法子把他弄出来,让他待在甲板上别动。"老查说。

"我会在这儿待命,随时等你消息。"我插嘴说,"一旦你拖住他,我就能拿到枪支柜的钥匙。"

"基奇,这事花不了她几分钟。"老查催促。

基奇望着自己的手良久。"也许可行,"他向上望,"那,其他的人怎么办?"

"你去散播消息,说是船长杀了哈林先生,凶手不是我,"老查告诉他,"当然也不是她。"

基奇点头。"他们会想知道钥匙拿到手后会怎样。"他说。

我向老查望去。

"她会把钥匙给我,"他说,"我待在第一货舱等着她。等到我拿到钥匙,到时就轮到你和我——"他用胳膊肘撞撞基奇,"揭开另一场革命了。"

我们再次等着基奇开口。从他坐立不安的模样,很容易就能看出这项计划让他有多紧张。但这是正常的,我也紧张得要命。最后他说:"只有这条路可行了,最好别失败。"

老查转向我。"好啦,"他说,"我们动手吧!"

为此,我们再度握手。没多久,我又被单独留在黑暗中了。

也许有点儿奇怪,我竟毫不畏惧。我相信我们的计划能成功。噢,当时的我对正义的信心多强啊!

再过几天,就可以抵达普洛维顿斯了,我将重返家园,回到美国。接下来的一个小时里,我大多坐着冥想,并非思索即将发生的事,而是遥想未来的欢乐岁月……

我听到某个声音。我跳起身,向黑暗望去。

老查出现在我面前,几乎喘不过气来。"雪洛,"他叫道,"时间到了!"

我从禁闭室爬出。老查找来一盏有灯盖的小灯。"这儿走。"我还来不及发问,他就低声说道。

我们沿着下层货舱走向中央货舱及那儿的阶梯。我往上看,一片漆黑。

"现在几点?"我忽然问道。

"夜半班敲两下钟了。"

按照陆上的计时,现在已经半夜一点了!

"我们不能选白天动手吗?"

"雪洛,他预计在黎明把你吊死。"

我的胃在翻搅,我的腿也颤抖得越来越厉害。

老查把手放在我的手臂上,好像已感受到我的恐惧。"你会成功的。"他说。

他转动灯盖,使光线只露出一条细缝,这才领路登上阶梯。我跟着他,最后我们抵达第一货舱。一到那儿,老查便示意我登上后方的阶梯,沿着此路,我会直接到达位于统舱的船长舱房前面。

"船长在哪儿?"我轻声询问。

"基奇传来了话,说会把船长缠在舵轮那儿。"老查压低了声音解释,"他会想办法让舵轮卡住,接着再请船长来处理,即使是挖也会把他从床上挖起来。"

"我有多少时间?"

他回答说:"比必要的时间多出半秒也不行。"

"其他的船员呢?"

"也有话传来,说他们都知道了,也都在伺机而动。去吧,我会从这儿看着你。"

我望着他。

"雪洛,现在不动手,就等着上帆桁端了。"

我往上爬去,不一会儿就独自一人站在了空荡荡的统舱内,屏息倾听。海浪规律的拍打、船只轻轻的摇晃、船体吱嘎的呻吟,都在告诉我海鹰号正伴随着轻快的风,往家园急速驶进。通往我旧房间的门碰巧是打开的,它来回摇摆,发出不规律的砰砰声,门上生锈的铰链还吱吱作响。从前我几时听过这种声音?想起来了,是上船

的第一晚。当时我躺在床上,觉得自己被全世界遗弃了!我是那么惊恐;甚至记得当时从门外传来的声音。说话的人是谁?说了些什么?我使劲回忆着。

然后,我收住了自己的思绪,紧张地回过头透过统舱的大门向外窥视,尽管看不到什么,但洒满甲板的柔光告诉我,现在必定是满月或近满月时分。为此我感到欣慰,也就是说,潜入船长舱房时,至少会有一些光线。

然而,令人不解的是,我却愣在那儿不动,徒然浪费着宝贵的时间。听着旧房间的门来回摆动的声音,试着摆脱掉那犹如压舱石般沉在心底的恐惧——这种恐惧与第一晚我听到的那种声音有关,某件我一直忽略掉的事。怀疑有如无形的绳索捆绑住我,尽管我努力尝试,也无法找出挣脱之法。

船猛然晃了一下,提醒我还有正事要做。确认那盏小灯的光掩护得极好后,我走向船长的门,手伸向门把手,一推,门轻松地被打开了。

整个房间呈现在我面前,即使在幽暗中,我仍可看到内部精致的摆饰,甚至连棋盘上的棋子都与我初次造访时一模一样。当我把灯举高时,发现坐在大桌之后的竟是谢克利船长本人,他的眼睛正直视着我。

"陶小姐,"他说,"欢迎你来拜访我。不要客气,请进。"

第二十章

由淑女到船长

他正等着我呢!我只能无法置信地瞪着他瞧。

"陶小姐,"船长说,"请坐!"他起身,搬了一把罩有布套的椅子给我。

海鹰号一晃,我身后的门砰的一声关上,那突然的声响将呆住的我惊醒了。

"你早知我会来,是吗?"我轻声问道。

"当然。"

"怎么会?"

他的嘴角浮现出一抹淡淡的微笑,然后说:"基奇先生。"

"基奇?"我微弱地重复着。

"没错。因他之故,打从一开始,我就对船员的一切了如指掌:他们如何阻止其他的水手签约出海,他们如何威胁乘客不准上船。他也告诉我卡拉尼的事,还有老查。没错,陶小姐,我知道你的朋友还活着,他一直躲在下层货舱。我很高兴他没来挡我的路,这下谋杀的罪名

就安不到我头上了,对不对?

"更重要的是,我知道你现在到我房间来干什么。陶小姐,一船之长的职责,就是要熟知他的船与船员的一切。我以前就告诉过你这点了,显然你还是吃了一惊。"

我站着不动。

"你不坐吗?"他问。

"你究竟打算怎么样?"我问。

"你的审判举行了,够不够公平?"

"我没杀哈林先生。"

"那场审判够公平吧,陶小姐?"

"杀他的人是你。"我脱口而出。

良久,他一言不发,最后终于开了口。"你知道我为什么讨厌你吗,陶小姐?"他语气平稳,并且未流露出任何情绪,"你知道吗?"

"不知道。"我承认。

"船上的世界,陶小姐,是一个有争有吵的世界,"他又说,"有时争吵会极为激烈。但是,陶小姐,这个世界必须依照自己的秩序运行。

"船一旦出航,首领与属下之间就要保持适当的平衡。那些水手我应付得来,他们也应付得了我。我需要他们来驾驶海鹰号,他们也需要我来统率海鹰号。所以说,我和他们之间是利益互补的关系。起航时,我原本对你抱着很大的期望,认为你的淑女教养能帮助我维持船上的秩序。

The True Confessions of
Charlotte Doyle

"可是你,陶小姐,你却扰乱了这套秩序。你插手管了你不该管的事。看看你的行为!看看你的穿着!你认为你的与众不同是自己的优势,陶小姐,别往自己脸上贴金了,恰恰是由于你的与众不同,使他们开始质疑自己的地位,我的地位,以及以往的一切秩序。

"陶小姐,你问我打算怎么样,我打算——"

"你杀了哈林,对不对?"我质问。

"没错。"

"为什么呢?"

"他威胁我,"船长摇头道,"还选在暴风雨的时候,实在令人无法容忍。"

"于是你决定嫁祸给我,"我紧逼着问,"好阻止我去有关方面陈情,揭穿你的真面目。"

"谁该为这趟倒大霉的航行负责?"他问,"当然不是我啦,对不对?一定是外头来的人,某个不合常理的人。陶小姐,要维持秩序,总是得有人充当代罪羔羊,这个人就是你。"

"我是代罪羔羊?"我高声问。

"老实说,我诚心希望你能从索具或船首斜桅上跌落,把脖子摔个粉碎,可惜事与愿违。我们将于数天内抵达普洛维顿斯。所以说,入港时我必须巩固住首领的地位,这已是刻不容缓的了。

"哈林先生注定得死。没有人会相信是我干的。所以啦,既然你是那么不合常理——大家一致公认的——那

么你自然是罪魁祸首。这样一来,我们的世界就能重上正轨了。"

我仍一动不动。

他也不再理我,自顾自地点亮数根蜡烛,顿时,柔和的晕黄洒遍整间舱房。

"看。"他说。

我困惑地环视舱房,看到了之前在月光下没有办法看清的东西。透过烛光,我发现大多数的家具都已破损——许多椅脚绑上了支撑的夹板;椅套上满是污水的痕迹;墙上的画框歪斜悬着,有些连画也没了;小桌上的地图与文件不是皱成一团,就是支离破碎;大桌上的茶具凹陷且生锈,但仍成套排列;至于棋子,如今我才发现,那只不过是盐罐、胡椒瓶和破碎的杯子,再加上弯折的蜡烛。

我的眼光再次转向他,他也正看着我,仿佛一切如常。

"暴风雨摧毁了大部分的摆饰。"他说,"我花了不少时间重新整顿这里。我做得还不错吧!秩序,陶小姐,秩序就是一切。只要扑灭光……"他倾身吹熄蜡烛,"你瞧……很难分辨差别吧,一切看来秩序井然。"

"你……你疯了。"我终于开口回话。

"恰恰相反,陶小姐,我可是理性的化身。为了证明我多么理性,我会给你几条路选。你来我的房间,是想偷走放枪柜子的钥匙,对不对?"

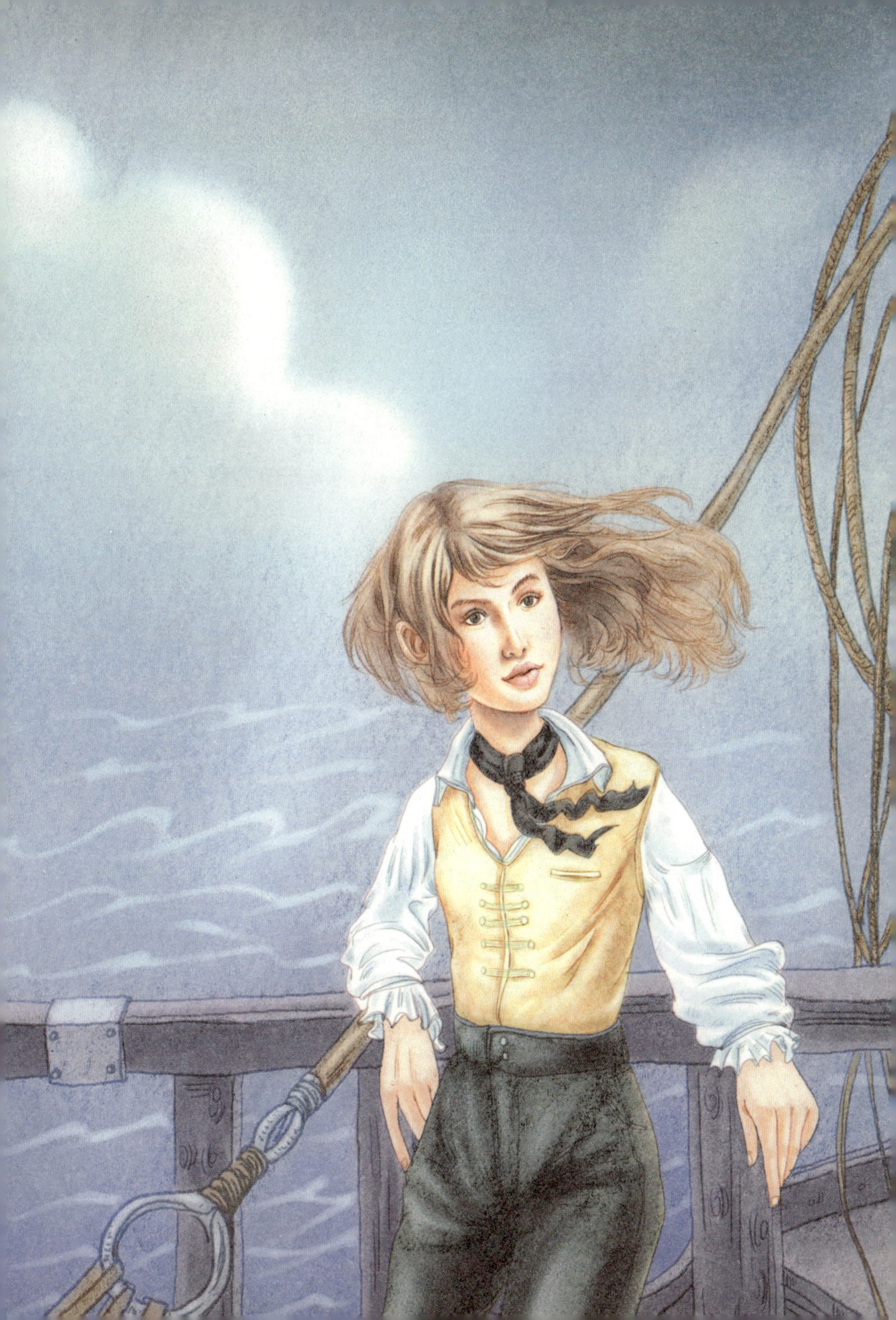

我不知道该说什么。

"你不承认也无所谓,我心知肚明。基奇先生告诉了我一切。"他一边从上衣口袋掏出一把钥匙一边说。

"你要的那把钥匙就在这儿,"他掷出钥匙,让它滚到我脚边说,"拾起它,陶小姐,去柜子那儿,拿出毛瑟枪,全都上了膛。你可以实现与老查共谋的计划。我会坐在这儿敬候。但是陶小姐,世人将知道你的所作所为,千万别怀疑这点。你以为那些水手会一字不说?打开那只柜子吧,丑闻、恐怖、毁灭将随之而出。不只是你自己,你的家庭,你的父亲,他的公司也包括在内。

"所以啦,趁你还没这样做之前,请考虑另一条路。"他劝说。然后,他走向舱房的另一头,拾起一堆看似衣物的东西,扔到我脚边。借着手上小灯的微光,我看出那是我在几周前(似乎已恍如隔世)为上岸而准备的服装,纯白的衣服、袜子、鞋子、手套、软帽,均收拾得有条不紊。

"换回这身打扮,陶小姐。"他说,"恢复你从前的身份地位。公开扬弃自己的作为,在船员面前乞求我的宽恕,我向你保证,我会欣然接受。这样的话,一切都会又回到原来的平衡状态,就跟我房间的摆饰一样,也许有些凹损,但在微弱的光线下没人看得到,面子也就保住了。

"当然,还有第三种选择。你已接受了审判,结果也出来了,被处以绞刑。我甚至会编一个故事告诉你的家人……生病、意外事件、飓风……没错,被绞死也是你的

选择之一。

"好了,你的决定是什么?"他再次坐到椅子上,双手交叉,等着我回答。

外面的甲板上传来三声钟响。

"假如我哪条路都不选呢?"

他犹豫了一下说:"陶小姐,我认为我说得够清楚了,你别无其他选择。"

"你错了。"我说。然后,我便转身冲出船长舱房,沿着统舱奔上中部甲板。

正如我猜想,此刻正是满月凌空,月儿高挂在暗蓝的夜空,藏在模糊飘晃的云间。前桅的船帆全部张开,在风的吹拂下前后拍打着。海浪拍击着船首,海鹰号正向前行驶着。

船首甲板上,排成一列的船员一齐看着我。我转身向船尾甲板望去,看到了基奇,他就站在离支离破碎的主桅不远的地方,双手绑在身前的老查站在他旁边。不一会儿我就了解到计划已经败露,整个形势都不利于我们。

我向前迈步,听得出谢克利船长已冲到门边。我迅速地向后瞥了一眼,瞄见他手上握了一把手枪。他一出现,我就迅速地穿过甲板。

一时之间,每个人都静静站着,仿佛在等待别人先采取行动。

谢克利船长是首先打破沉默的人。"站在那儿的是

你们的伙伴，"他向船员尖声宣称，"她潜入我的房间，打算趁我熟睡时谋杀我，要不是我惊醒，奋力抢下这把手枪，我早就没命了。哈林先生一条命还不够！她又想杀掉我！我敢说，她也会杀掉你们每一个人！

"老查也有一份，"船长继续咆哮，"他躲着，假装受伤好逃避工作，又放她出来，指使她展开谋杀计划。

"她接受了审判，判决结果也出来了，大家都默认的。就在刚刚不久，我还提供给她另一种选择，希望能让她免受绞刑之苦。我恳求她换上正常的服装，还告诉她，我会以自己的宽宏大量对待她。但是她却拒绝了。"

"他在说谎！"我大叫，"他是在为自己开脱。他才是杀害哈林的人。他自己承认的。"

"她才是在说谎！"船长用手枪瞄准我，对着船员们叫道，"事情的真相是，她打算控制本船。没错，这就是她的打算。你们想支持她吗？上岸之后，你们难道打算让这个女孩散布丑闻，昭告世人吗？她区区一个女孩想成为本船的统帅，把你们每一个人都掌控在手心，告诉你们该做什么，不该做什么，你们希望这样子吗？受一个女孩控制，你们还能在世上任何港口抬头挺胸做人吗？想想这有多丢脸！"

我开始小步移向船首甲板，满心以为他们会站在我这边。但随着我挨近，却没有半个人迎向前。我停下了脚步。

"你们不能相信他！"我恳求他们。

"别怕她,"谢克利船长叫道,"看看她,她只不过是个不合常理的女孩罢了,一个满心想学男人举止的女孩。她想成为男人,留她活命才会伤害到大家。让她领受应得的惩罚吧。"

我登上通往船首甲板的阶梯,他们开始往后退。我心怀恐惧地停下脚步,望着巴罗、尤恩、格林、费斯,可是,他们每个人似乎都在回避我的眼神。我转过身。

谢克利船长翻转着手上的枪。"拿下她!"他命令道。

但他们也不愿如此。船长和我一样迅速地发现了这点,他索性自己走向我。

我向后退着,直到抵达船首甲板才停步。排成一列的船员分成了左右两半。"帮帮我!"我又向他们求助。尽管他们对谢克利船长的命令装聋作哑,但是对我的请求也是置若罔闻。

船长小心地对我展开了追捕,他正慢慢地登上通往船首甲板的阶梯。我向船首撤退,通过起锚机,到达系锚架。他继续前进,残缺的身影在月光下晃动着,唯有手枪在月光下闪出的光泽,才能将这道身影打碎。我的心跳加速,呼吸急促,搜寻着逃跑的路,却一条也找不着。

船首似乎在我脚下不停地摇晃。我慌乱地往后看——只见,我与海之间仅剩一*丝丝*空间了。

船长仍在逼近。我跌跌撞撞地爬到船首顶端。他停下脚步,双腿张开,伸直了握手枪的手臂。我可以看到他的手在慢慢收紧。

The True Confessions of
Charlotte Doyle

尽管船首甲板在猛烈地摇晃,他还是开枪了。结果子弹射得极偏,他满腔怒火地把手枪扔向我。

我往后翻跌,他连忙扑过来。我下意识地踉跄地攀到船首斜桅下方。我紧抓住斜桅支索,防止自己摔下去。

船又狂摇起来了,我死命抓紧绳索,继续在船首斜桅上缓慢前进,并不断回头观察谢克利船长的动静。不一会儿,他就跌跌撞撞地加入了我的行列,也爬了上来。

我拨开颤抖的船帆,下方的海浪汹涌起伏。

隐隐约约地,我感觉到船员们都奔上前来察看目前所发生的这些情况。

斜桅支索已经攀到尽头了。船长继续往前进,打算抓住我。我们之间的距离只剩数英尺而已。最后,他怒吼一声,两手齐张扑向我。

正当此时,海鹰号晃了一晃,谢克利船长顿时失去了平衡。他的手臂狂舞,但无济于事,只得向下坠落。这时,他一只手无助地伸向我,我也本能地迎向他,一瞬间,我们的手指相触。紧接着船又晃了起来,于是,船长跌入了波浪中。谢克利船长的身影曾露出过海面片刻,他的手臂还紧抱着船首雕像上沾满白沫的鹰喙,可是,海鹰号上下的晃动,使谢克利船长又一次跌入汹涌的泡沫中,直至船下。自此再也没有人见过他了。

虚弱、颤抖、浑身湿透……我沿着船首斜桅爬回,终于抵达船首顶端。

船员分成数堆站在我面前,没有一个人说话。我停

步并转身。"给我一把刀。"我说。

格林从口袋里掏出一把。

我奔过甲板,跑到老查仍旧站立的地方。基奇已经溜走了。我割断绑住老查的绳索,拥抱他,他也回拥着我。老查走向船尾甲板的栏杆,船员们有如接获宣召一般,都聚在下方。

"伙伴们,"老查大声说道,"我们必须推举出一位船长。基奇不行,他通风报信,应该锁在禁闭室里。这位站在这儿的陶小姐做了我们每个人做不到的事,就让她来当船长吧!"

第二十一章

普洛维顿斯

名义上也许是船长,实际上可并非如此。我也意识到自己还有许多尚待学习的地方。此外,正如老查日后坦言,我之所以能连升三级,身为海鹰号所属公司职员的女儿也是不小的考量因素。可是,尽管我以船长身份书写航海日志,实际下命令的人却是老查(我亲笔记下这点)。我坚持如此,也没人反对。船员自行选出了大副与二副——费斯与巴罗,他们分成两班工作,工作表现可圈可点。另外,强森能返回船首舱房的窝,高兴自是不在话下。

至于谢克利船长的后记,航海日志上只有寥寥数语。在船员的督促下,我写道:

本船备受尊崇的船长顶着飓风掌舵,却在最后一刻不幸被卷入海中。哈林先生同样被赐予这种英雄式的死亡。

自此之后,我对于一切逝去英雄的轶事都抱以怀疑态度。

国际大奖小说

费斯与巴罗坚持要我搬进船长舱房,我仍照常值班工作。我打算记下一切,并利用空暇在私人日记上愤怒地书写,似乎唯有用自己的话语重建过去,我才能理清眼前的一切。

谢克利船长死后未满二十四小时,摩根丢下测线,结果拉上一桶黑沙,他尝了尝,宣布:"布洛克岛到了。"假如一路顺风,再过不到四十八小时,我们就会抵达普洛维顿斯。事实上,十二小时后,陆地就触目可及了,看似海天间一缕飘动的青灰色缎带顿时映入眼帘。

船员们欢欣鼓舞,更对上岸抱有深切的期许。但我却发现自己突然陷入到莫名的忧郁中,无法释怀。

"我们的陶船长为何闷闷不乐呢?"老查用了他常拿来取笑我的措辞问。当时他发现我高坐在船首顶端,郁郁不乐地眺望海洋和陆地。

我摇摇头。

"没有几位年轻小姐能像你一样,上船是乘客,靠岸却成了船长。"他提醒我。

"老查,"我说,"接下来我会怎样?"

"这个嘛,我想应该不用我担心啊。你告诉过我,你家很有钱,大好人生在等着你开创呢。再说,雪洛,你赢得了我们这么多水手坚定不移的友情,体验了一段时下年轻人难得能有的经历。这趟航行是值得永远记住的。"

"你家在哪儿?"我突然问道。

"非洲东海岸。"

The True Confessions of
Charlotte Doyle

"你当过奴隶吗?"

"从来没有。"他骄傲地宣称。

"你想当水手吗?"

他没有立即回答这个问题。当他终于开口时,语调已不像刚才那般欢喜。"我是离家出走的。"他说。

"为什么?"

"年轻气盛。这世界很大,我家很小。"

"你曾经回过家吗?"

他摇摇头。

"从来都不想回去?"

"倒是常想。但我不知道是否会受人欢迎,也不知道究竟会看到什么。雪洛,记得刚上船时,我跟你说的话吗?身为女孩的你和身为老黑人的我,都是海上的特殊人物。"

"我记得。"

"事实上,"他说,"无论走到哪儿,我都是特殊人物。"

"我呢?"

"现在谁敢断言呢?"他回答,"我只能这样告诉你,雪洛。水手自安全的港湾出航,他选择他要的风。一旦上了岸,正如你所见,风有自己的意志。小心哟,雪洛,注意自己选择的是什么风。"

"老查,"我问,"到了普洛维顿斯,有人会问发生了什么事吗?"

他回答:"我们会提醒老板,大伙儿可是辛辛苦苦地

把海鹰号驶回了港湾,公司的货物也安然无损。没错,我们失去了船长和大副,但他们是为完成任务而英勇献身的,你懂吗?"

"基奇不会泄底吗?"

"我们饶了他一命,他应该感激得说不出话来。另外,谢克利手上握有他的一些把柄,一直在要挟他。所以说,基奇也自由了。"

"卡拉尼呢?"

"他根本没上船。雪洛,我向你保证,"他肯定地说,"老板会为遭受的损失表示遗憾,但他们流的泪水少得连帽子也浮不起来。"

自利物浦出航近两个月后,我们抵达纳拉干西特湾,一步步靠近普洛维顿斯。1832年8月17日,海鹰号被拖索拉入印第安港。

当我知道快入港时,我跑回原来的舱房,兴奋地换上那些为这天准备的服饰:遮在一头乱发上的软帽、稍嫌破烂的宽裙、伤痕累累的鞋子,以及灰色的手套。出乎意料的是,我穿上这身衣服竟然觉得紧绷且不自然,甚至呼吸都很困难。我瞥向行李箱,褴褛的水手衣物就收在里面留作纪念品。一时之间,我很想换回水手打扮,但立刻又提醒自己,从这刻起,该是纪念品的就必须当作纪念品。

船被系牢后,我望向码头,不禁心跳加速——我的家人掺杂在等待的人群中,包括父亲、母亲、弟弟和妹

妹，每个人都在昂首搜寻我的踪影。他们跟我记忆中的一模一样，拘谨节制，尽管溽暑难耐，仍作盛装打扮。

母亲身穿深绿色的宽裙，肩膀上围了一条茶色披肩，软帽遮盖住她那整齐分开的秀发。父亲的模样是富裕男人的典型写照，身着长及膝盖的礼服和背心，头戴高顶礼帽，灰色的络腮胡既短且硬。我的弟妹正是他们两人的袖珍版。

说真的，我很高兴看到他们。但是，我却发现自己在努力咽下泪水。

与船员的告别非常简短，我压抑着自己的感情。有血有泪的告别语昨晚就说过了。巴罗流下眼泪；费斯粗鲁地拥抱我；尤恩亲吻我的脸颊耳语道"现在我的美人鱼是你了，姑娘"；格林递上一把捻接用的小刀（脸上还挂着一抹狡猾的笑意）——我拒绝了；佛力敬了每人一轮甜酒；大伙儿还把我抛起来欢呼三声"万岁"；然后，轮到我和老查合值最后一次的夜半班，当时他紧握着我的手，我则无法开口，拼命想隐藏住心中翻腾不休的情感。

如今我走下跳板，接受双亲有节制的拥抱。就连弟弟亚伯和妹妹伊娜献上的吻也仅比叹息稍重一些，轻拂过我的脸庞。

我们在自家的马车里坐好。

"雪洛的衣服为什么破破烂烂的？"伊娜问。

"这趟旅行很辛苦，亲爱的。"母亲代我回答。

"她的手套脏死了。"亚伯插嘴。

"亚伯!"父亲责备他。

马车在静默中加速疾驶,然后,反倒是母亲开口了:"雪洛,你的脸变成深棕色了。"

"阳光很强,妈妈。"

"我原以为你会待在自己的房间,阅读对心灵有益的书籍。"她呵斥道。

只能听到马儿疾行的嗒嗒声。我透过帽檐望去,发现父亲的眼睛紧盯着我,好似想挖掘秘密。我垂下双眸。

"这趟航海很辛苦吧,亲爱的?"终于,他问道,"船连桅杆都没了。"

"我们遇到了可怕的暴风雨,爸爸。"我双眼恳求地投向他说,"连费斯……连船上的水手都说这是他们见过最糟的一次。我们还失去了船长和大副。"

"上帝慈悲……"我听到妈妈低声道。

"噢,我想的确是蛮糟的。"父亲回道,"但是雪洛,你必须注意自己的遣词用句。众所周知,水手有夸大其词的不良倾向。我期待从你的日记中读到经过深思熟虑的记述。你会遵照指示写日记的,对不对?"

"是的,爸爸。"我的心直往下沉。我完全忘了他会提出来要看日记的内容。

"我非常期待拜读你的日记。"他戏谑地伸出手指对我晃晃,"但小心哟,我会仔细挑出拼读的错误的!"

然后,感谢天主,弟弟亚伯和妹妹伊娜坚持要向我介绍我们位于比奈扶伦街的漂亮房子。

那栋房子比记忆中还大。高耸的屋柱装饰着门口,挂着帷幔的巨大窗户面对街头。它足足有两层楼高,这不禁使我想起了英国的城堡。

我们安全抵达,站在位于主阶梯前的大走廊上。对我来说,这儿黑暗而且无际无边,好似与阳光和空气已隔绝许久。

妈妈在父亲的审视下,轻柔地摘下我的软帽。她看到我那团纠结的短发,不禁叹了一口气。

"雪洛,"她低声耳语,"发生了什么事?"

"头虱。"我听到自己这么说——之前排练过的数种解释之一。

她再次叹气,我还没来得及阻止,她就同情地执起我的手。"可怜的孩子,"她轻声道,"真悲惨。"当她站着握住我的手时,一种奇怪的表情掠过她的脸。她慢慢地转过我的手,盯着我的手心,继而用手指尖轻触。"你的手怎么了?"她恐惧地问道,"摸起来……好粗。"

"我……我必须自己洗衣服,妈妈。"

"亲爱的雪洛,真可怕,我好抱歉。"

"雪洛,"爸爸忽然说,"也许我们应该一起吃顿早餐。"他把手臂伸向我,我感激地握住。

我们走向餐厅。餐桌上铺着洁白的桌布,上好的瓷盘和银器摆在上面。我离开父亲,准备就座。

"亲爱的,让你的母亲先就位。"我听到他轻声道。

我们坐定后,父亲说:"雪洛,据我了解,航运公司也

通知了我,说原先答应我准备陪你一道航海的家庭,最后都没有兑现承诺。"

"是啊,爸爸。"我回答,"他们一直没有上船。"

"你是多么寂寞啊,真可怕。"母亲悲伤地摇摇头说。

"两个月来都没说话!"伊娜惊叫。

"我当然说话了,小笨蛋。"

"可是……跟谁说呢?"亚伯疑惑地问道。

"那些人啊,水手。"

"哪些人,雪洛?"母亲皱着眉头问道。

"嗯,是这样的……"

"你指的是船长,对不对啊,雪洛?"父亲提示。

"噢,不,不只是他,爸爸。你知道,船上的空间是很小的……"

父亲突然说:"奶油似乎用完了。"

"我去拿!"我推开椅子说。

"雪洛,坐下!"父亲严厉地叫道。他转向候在一旁的女仆说:"玛丽,去拿奶油。"

女仆行了个礼退出去。

我坐回原位,发觉妹妹在瞪着我瞧。

"怎么了?"我问她。

"我刚刚想起你像什么人了!"伊娜说。

"什么人?"

她皱皱鼻子说:"印第安人!"

亚伯笑了起来。

"孩子们!"父亲喝道。亚伯和伊娜努力坐直身子。

"雪洛,"我听到母亲在问,"你平常都做些什么?"

"妈妈,你绝对想不到船上有多少工作……"

父亲突然掏出他的怀表。"时间比我想象中晚得多,"他说,"伊娜和亚伯必须去育儿室上课,他们的老师范罗歌小姐正等着呢。去吧,孩子们。"

亚伯和伊娜努力压下窃笑,一一从位子上站起。

"你们可以走了。"父亲对他们说。

他们离去后,房间变得非常沉静。母亲望着我的样子好像我是个陌生人,父亲的眼神则严厉至极。

"每位水手都对我非常和善。"我开口,"我不可能……"

"你一定累了,"他插话,"我想休息一下会对你比较好。"

"我非常清醒,爸爸。我的意思是,我已经习惯睡得少了,另外……"

"雪洛,"他坚持,"你累了,你应该回到自己的房间。"

"可是……"

"雪洛,你不该违背你爸爸的意思。"母亲轻声道。

我从座位上起身。"我不知道我的房间在哪里。"我说。

"玛丽,"父亲唤道,"叫布姬进来。"

不一会儿,玛丽就带着另一名女仆进来,是个年纪跟我相仿的女孩子。

国际大奖小说

"布姬,"父亲说,"带雪洛小姐到她的房间去,帮助她沐浴更衣。"

"是的,先生。"

布姬在前面带路。我的房间位于二楼的右翼,窗户面向后花园灿烂夺目的玫瑰花棚。我站在窗前,俯视着土地与花朵,一遍又一遍地告诉自己:"我到家了!我到家了!"

我听到身后传来了声音,是一个男人(我猜是个仆人)搬着我的箱子进房,打开箱盖,然后就离去了。

我继续向窗外望去。

"小姐,恕我打扰,"我听到布姬说,"您的父亲要我帮助您洗澡、更衣。"

"布姬,我的名字不是小姐,我叫雪洛。"

"我不想做出这么大胆冒犯的事,小姐。"

"但如果我请求你……"

"我无意无礼,小姐,"布姬的声音几乎低不可闻,"因为付我薪水的是主人。"

我望着她的双眼,布姬垂下眼帘。我感到一阵痛苦凝聚在心头。此时传来了轻轻的敲门声。

"我该去开门吗,小姐?"布姬轻声问。

"当然,请去吧。"我疲惫不堪地说。

布姬打开门,是女仆玛丽。

玛丽进门,行了个礼。"小姐,"她对我说,"主人说要布姬拿走并销毁您所有的旧衣物。他还要我取走您的日

记,小姐。"

我望着她们俩,她们的姿态谦卑,甚至不敢直视我的双眼。

"玛丽,"我说,"你的名字是玛丽,对不对?"

"是的,小姐。"

"如果我请求你,你愿意称呼我雪洛吗?我们做朋友好不好?"

玛丽紧张地偷瞧了布姬一眼。

"你愿意吗?"

"我不该如此,小姐。"

"但……为什么呢?"我恳求着。

"主人不会答应的,小姐。他会开除我。"

我答不出话来。

过了一会儿,玛丽说:"我很乐意现在就把日记拿下去,小姐。"

"我替您拿好吗,小姐?"布姬问我。

我走向箱子,找出那本日记,递给玛丽。她行了个礼,不发一言(仍在躲避我的视线),无声地走出房间,并关上身后的门。我走回窗户前。

"小姐,请问,箱子里所有的衣服都是旧的吗?"布姬最后问道。

"这些衣服会怎么处理?"

"我想是捐给穷人吧,小姐。夫人很仁慈。"

"我必须留下其中几件。"我迅速取出我的水手装

束,警觉地对她说。

"您要留下这几件,小姐?"布姬困惑地问道。

"我想拿给我爸妈看。"我说了谎。

"好的,小姐。"

箱中的衣物被取出并拿走了。然后,我去洗澡,那种感觉真奇异!身上的污垢全消失了。我穿衣时,布姬在旁边帮助——准确地说是不顾我的抗议,毅然插手。洗完澡后我没有下楼,让她退了下去。接着我坐到床上,因它的柔软而惊叹不已。

说真的,我在试着镇定自己。我害怕下楼去。我知道马上就会有人叫我下去。但是当我坐在这儿时,刚上海鹰号的回忆又重新浮现心头。当时我多么孤单,现在的我又是多么孤单!"噢,老查,"我对自己轻声说,"你在哪儿?你为什么不来找我?"

父亲的传召终于来临——但已经是两个小时后的事了。玛丽传来指示,他命我直接前往起居室。怀揣着疯狂跳动的心,我的手抚过装饰华丽的栏杆,走下铺着地毯的宽阔阶梯。走到起居室的大门前,我停下脚步,深吸了一口气,然后敲门。

"雪洛,"父亲说,"请把门关上。"

我照办了。

"现在站到我们面前。"

"好的,爸爸。"我迈向父亲手指示意之处。直到此时,我才发现即使是八月天正午时分,起居室里也不应

The True Confessions of Charlotte Doyle

该这么热。我望向火炉,从那儿冒出的火焰令我吓了一跳。下一刻钟,我才明白自己的日记正在火中燃烧。

我快步向前。

"站住!"父亲喝道,"让它烧。"

"可是……"

"烧成灰烬!"

我难以置信地望着它们。

"雪洛,"父亲起了话头,"我仔细地看过你的日记。我还选读了一些念给你母亲听,不是全部。我想讲的事很多,但实际上我只会提出几点。一旦我讲完,这件事就到此为止。你懂吗?"

"可是……"

"你懂吗,雪洛?"

"我懂,爸爸。"

"当初我送你进柏利顿女子学校,根据可靠信息——我曾相信是可靠的——我认为你在那儿能受到与社会地位相称的教育,不用说,你对自己和我们对你的期许都是很高的。但我被欺骗了。那儿的老师不知用什么法子,让你满脑子都是那些胡编瞎扯的本领,成天编造一些最荒诞不经、不合常理的故事。"

"爸爸!"我试着插话。

"住口!"他吼道。

我闭上嘴巴。

"你写的东西是品位最低劣的垃圾。地位低的人敢

批评地位高的人,正义才真是无法伸张,你诬蔑可怜的谢克利船长就是一例。更要命的是,雪洛,你的拼写真是糟糕透了,我从没见过那么可怕的文字。还有文法……更是错误连篇,叫人不敢相信!

"我要请个美国人来教你,小姐,把一些秩序观念灌输进你的脑袋。但是那种拼写,雪洛,那种拼写……"

"爸爸……"

"这件事的讨论就到此为止,雪洛,今后再也不许提了!你可以回房了,待在那儿,等到有事叫你才准出来。"

我转身离去。

"雪洛!"

我停住脚步,但没有回头。

"你不准……不准……向弟弟、妹妹提起这次的旅行。"

第二十二章

重返大海

我的等待非常漫长。简单来说,我被禁止离开自己的房间。餐点摆在食盘上由玛丽送入。访客不准进门,连亚伯和伊娜也包括在内。"她病得很重。"他们这么告诉别人。而且,不论我试了多少次,布姬——唯一能称得上是我固定会见到的人——都不肯接受我伸出的友谊之手。

母亲给了我少许的慰藉和满山满谷的泪水。父亲给了我一大堆书,全是他视为有助于我洗心革面的作品,里面没有半个字能安抚我的心。

书我根本没读。我反而利用了这些书中的空白页啊,书页边的空白啊,甚至大半部留白的标题页啊,秘密地写下了航行时发生的事。我用这种方式来永久珍藏所有的点点滴滴。

一个星期就这样过去了,我心念一转,开口向布姬要报纸看。

"我必须先问过主人。"她回答。

"布姬,"我告诉她,"假如你不把带报纸给我的事告诉我父亲,每天我都会送你一件礼物。"

布姬盯着我瞧。

我在梳妆台上翻了一会儿,找到一根顶端镶有珍珠的簪子,举起它说:"例如这个。"

她答应了我的请求。一周之内,我就看到了我要找的东西,刊在"前往欧洲的班次"那一栏。

双桅帆船海鹰号,将于9月9日乘早潮出航。船长为费斯先生。

接下来的几天,我装出全神贯注于书本的模样,终于获准下楼与家人共进晚餐。

9月8日(那是我记忆中最为漫长的一天),我告诉餐厅内的每个人说,我想继续拜读某篇占据我心的作品,请容我先行告退。

"你在读什么啊,亲爱的?"母亲紧张地问我。

"迪尔博士一篇有关忍耐的文章,妈妈。"

"我觉得很欣慰。"她说。

那天晚上稍晚时,我被通知,父亲要我去他的书房。我下楼,敲了敲他的门。

"进来!"他回道。

他坐在阅读专用椅上,面前摊着一本书。他抬起头,合上他的书,伸手温和地示意我上前。

"你在进步中,雪洛,"他说,"我想好好儿称赞你,保证真心诚意。"

The True Confessions of Charlotte Doyle

"谢谢你,爸爸。"

"你还年轻,雪洛。"他告诉我,"年轻人可以一方面接受许多冲击,另一方面仍保持……"他搜寻着适当的字眼。

"有秩序的生活?"我建议。

他露出长期以来我首次看到的微笑。"是的,完全没错,雪洛。秩序。你赐予我不少希望。我俩完全了解彼此的心意。晚安,我亲爱的孩子。晚安。"他拿起书本说。

"晚安,爸爸。"

我洗了澡,让布姬监视我上床睡觉。

凌晨两点钟,一切陷入全然的寂静。我溜下床,拉开梳妆台最下层的抽屉,从包在纸里的洋装下取出老查为我缝制的水手装。我换上那套服装。

我打开房间的窗户,爬下棚架是我童年时代的拿手好戏,我几乎笑了出来!半个小时后,我已置身印第安港,站在海鹰号前,除了船尾、船头有灯光之外,船身的其余部分都笼罩在夜幕之中。新的主桅高高耸立。

正当我躲在几箱货物的阴影中向外张望时,我看到一个正在船尾甲板上巡逻的人。如今他正走向大钟,敲钟报时,共响了四声。每声钟鸣都给我的脊椎骨带来一阵战栗。

我鼓起勇气,走上踏板。

"谁在那儿?"暗夜中传来一声质询。

我没有出声。

国际大奖小说

"谁在那儿?"

这下我确定是谁的声音了。

"老查!"我叫道,声音哽咽。

"雪洛!"

"我决定回家了。"

乘着早潮与西南风,海鹰号出航了。当时我正攀在摇晃的上桅帆桁上。老查说过的一句话充盈着我的脑海,使我整颗心飞扬起来,他说:"水手自安全的港湾出航,他选择他要的风……可是风却有自己的意志。"

附录

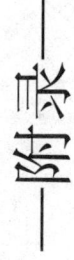

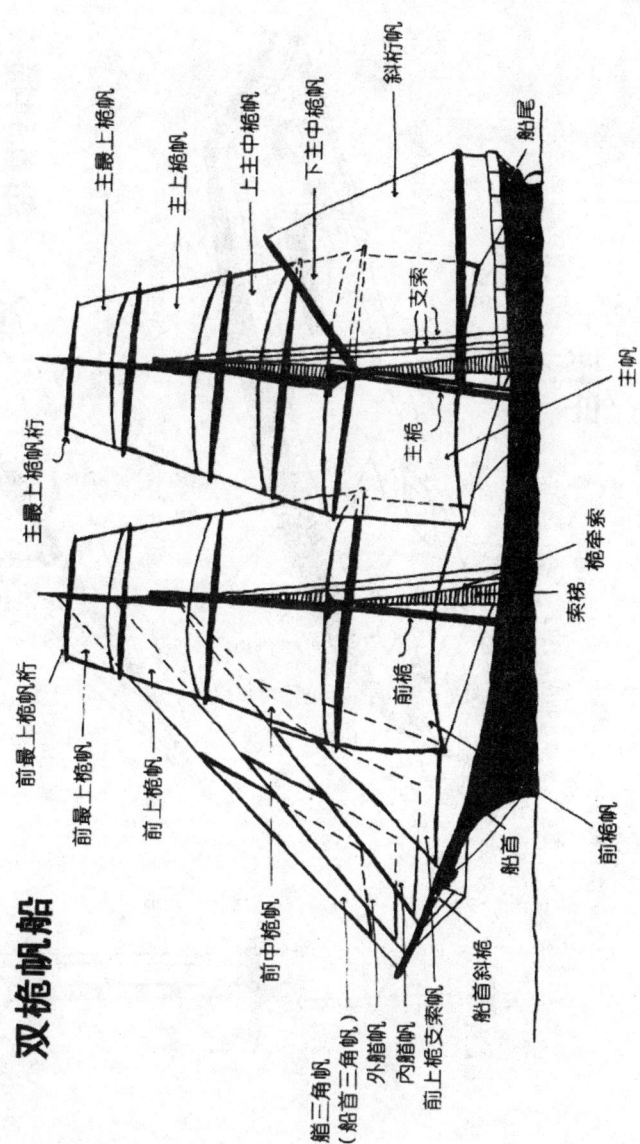

双桅帆船

The True Confessions of Charlotte Doyle

标签：
- 前最上桅帆桁
- 前最上桅帆
- 前上桅帆
- 前中桅帆
- 猎三角帆（船首三角帆）
- 外猎帆
- 内猎帆
- 前上桅支索帆
- 船首斜桅
- 前桅帆
- 船首
- 前桅
- 索梯
- 桅牵索
- 主桅
- 主帆
- 主桅上桅帆桁
- 主最上桅帆桁
- 主最上桅帆
- 主上桅帆
- 上主中桅帆
- 下主中桅帆
- 斜帆
- 船尾
- 支索

231　女水手日记

国际大奖小说

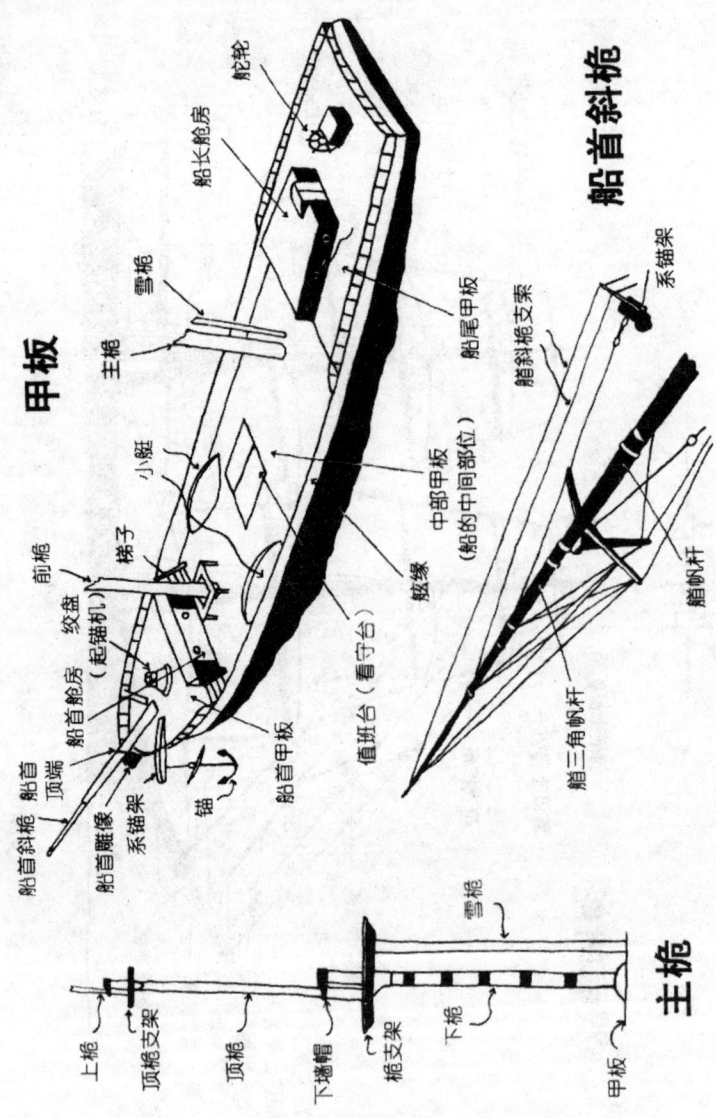

甲板

船首斜桅

主桅

女水手日记 232

The True Confessions of
Charlotte Doyle

船上的值班时间

在航行的船上,船员分为两个小组,以便分担一切工作。这种小组被称为值班。海鹰号上,管理第一班的是大副哈林先生;二副基奇先生(继而是强森先生),统帅第二班。

一天分割成许多时段,同样称之为值班。详情如下:
夜半班　　　　从午夜十二点到凌晨四点;
晨班　　　　　从凌晨四点到早上八点;
午前班　　　　从早上八点到正午十二点;
午后班　　　　从正午十二点到下午四点;
第一轮薄暮班　从下午四点到六点;
第二轮薄暮班　从晚上六点到八点;
初夜班　　　　从晚上八点到午夜十二点。

一般来说,水手的工作时段是错开的,这个制度称为"轮流值班",打个比方来说:
夜半班(午夜十二点到凌晨四点)休息;
晨班(凌晨四点到早上八点)工作;
午前班(早上八点到正午十二点)休息;
午后班(正午十二点到下午四点)工作;
第一轮薄暮班(下午四点到六点)休息;
第二轮薄暮班(晚上六点到八点)工作;
初夜班(晚上八点到午夜十二点)休息。
这也意味着,那名水手转天的作息安排会是:
夜半班(午夜十二点到凌晨四点)工作;

晨班(凌晨四点到早上八点)休息；
午前班(早上八点到正午十二点)工作；
午后班(正午十二点到下午四点)休息；
第一轮薄暮班(下午四点到六点)工作；
第二轮薄暮班(晚上六点到八点)休息；
初夜班(晚上八点到午夜十二点)工作。
以此类推……

"轮流值班"使得水手的睡眠时间一次不超过四小时。当然，如果有需要的话，比如船帆重新安装或彻底检修，以及遭遇暴风雨的时候，每位船员都得派上用场，即使并非自己的值班时间，也必须报到候命。

大副与二副每隔半小时会敲响船上的钟，好辨明时间，方式如下：

一声钟响　　就是值班时间开始后的第一个半点钟；
二声钟响　　就是第二个半点钟；
三声钟响　　就是第三个半点钟；
四声钟响　　就是第四个半点钟；
五声钟响　　就是第五个半点钟；
六声钟响　　就是第六个半点钟；
七声钟响　　就是第七个半点钟；
八声钟响　　就是第八个半点钟，同时画下本次值班时间的句点。

举例来说，第一轮薄暮班时，若听到两声钟响，根据陆上的时间来推算，当时是下午五点。

作者简介

艾 非
Avi

　　艾非本名爱德华·埃尔文·沃提斯，1937年出生于美国纽约。一岁时，他的双胞胎姐姐替他取了"艾非"这个名字。后来，他便一直用这个名字发表作品。

　　艾非的创作生涯从剧作开始，直到自己的孩子降生，他才动笔为孩子们写故事。迄今为止，艾非为孩子们创作的作品已经超过二十本了，其中有冒险故事、历史小说、灵异传奇、动物故事等等。艾非现在和他的家人住在美国的罗得岛，也就是本书女主角——陶雪洛的家乡。

风的意志

鲁　镇/图书编辑

时间，1832年。地点，英格兰利物浦。人物，十三岁的上流社会少女陶雪洛。这位年轻淑女出现在利物浦码头时戴着乳白色的手套，身着宽松的裙子，有扣的高统鞋，软帽遮盖着她美丽的秀发。如果你以为接下来可以读到一本简·奥斯汀式的、描写19世纪贵族青年男女田园生活的小说，那么你就错了。

就连我们的主角——雪洛也没有想到，这趟惊心动魄的大西洋之旅竟然颠覆了她与生俱来的命运。

毫无疑问，初上海鹰号时，雪洛认为自己"是被放进棺材里了"。原本约定同行的两个家庭居然同时爽约，陪伴她完成旅行的只剩下一群肮脏粗鲁的水手，她在船上的栖身之所窄小简陋，还不时有蟑螂出没。

这一切都让雪洛感觉羞辱与恐惧,这里"根本不是正当人家的年轻小姐该来的地方"!所以,当穿着得体、举止优雅的谢克利船长出现时,雪洛无疑看到了重回文明世界的一线曙光。本能促使雪洛靠近谢克利船长,企图通过他来重塑自己所熟知的上流社会。

但是,这不是一次普通的航行,水手们之所以签约登上海鹰号原是为了复仇,而他们共同的敌人正是这位绅士谢克利先生。雪洛渐渐地了解到,谢克利居然是个残忍、血腥的虐待狂,而那些看上去粗鄙不堪的水手们恰恰拥有善良的内心世界。"正义"与"荣誉"鞭打着雪洛的心灵,她毅然脱下繁缛的衣裙,换上水手装,加入水手的行列。

如果说"当水手"只是雪洛对自己所犯下无知之过的一点儿补偿,那么航行结束后,她已经与原本深深信仰的"秩序"与"规则"彻底决裂。她放弃了温暖舒适的家,自由地去追寻她想要的风。

19世纪是一个推崇阶级与礼教的时代。几乎从一出生开始,雪洛的人生已经被安排得井井有条——双亲声望良好,从小接受女子学校的教育,长大后成为名媛淑女。雪洛的四周都是洁净优雅的,衣食住行全有女仆侍候,从小受到的训练告诉雪洛,"接受一名下层阶级人士的建议是大错特错的"!不难想象,雪洛孤身一人来到海

鹰号这个蛮荒世界，秉持心中纯粹的良知，分辨出真正的善与恶，让自己的正义感战胜恐惧，最终扬弃根深蒂固的观念，做出改变自己命运的重大决定，这需要多么大的决心与勇气。

　　同样是充溢着古典浪漫主义味道的19世纪，同样是上流社会少女的故事，《女水手日记》显然比云淡风轻的简·奥斯汀带给我们更多的震撼。在云谲波诡的大西洋上，我们的思绪随着海鹰号有节奏地摇晃，顷刻间仿佛也跻身阴暗诡异的船舱之中，与雪洛一起感受着自我意识的觉醒与旧有观念的分崩离析。从自我挣扎到破茧而出，雪洛选择离开她那充满对女性束缚的家庭，是一次对自身的突破，使她从一朵娇贵的温室花朵蜕变成一位坚强自主的女性。

　　本书作者艾非对待写作的态度相当严谨，他深信，应当通过故事将作者的观点传达给青少年读者。"聆听、观察你周遭的世界，试着去了解事情发生的原因，不要满足于别人给予的答案，不要让一般人的是非观念影响你的判断，凭着自己的力量找出答案，最后，诚实地写下你的感觉，从你想聆听的评论中学习。"艾非的写作哲学恰恰暗合了他通过本书想要传达给我们的信条。勇敢地去选择你要的风吧，让它带着你，奔向你心中理想的彼岸。